GIFT

Alexander Kielland

Gift
Copyright © JiaHu Books 2015
First Published in Great Britain in 2015 by Jiahu Books – part of Richardson-Prachai Solutions Ltd, 34 Egerton Gate, Milton Keynes, MK5 7HH
ISBN: 978-1-78435-170-0
Conditions of sale
All rights reserved. You must not circulate this book in any other binding or cover and you must impose the same condition on any acquirer.
A CIP catalogue record for this book is available from the British Library
Visit us at: jiahubooks.co.uk

I.	5
II.	11
III.	22
IV.	33
V.	47
VI.	52
VII.	62
VIII.	68
IX.	78
X.	88
XI.	96
XII.	104
XIII.	114

I.

Lille Marius sad saa pent og stille paa Bænken. Hans altfor store markebrune Øine gav det lille blege Ansigt et forskræmt Udtryk; og naar han uformodet fik et Spørgsmaal, blev han ildrød i Hovedet og stammede.

Lille Marius sad paa næstnederste Bænk lidt krum i Ryggen; for der var ikke Rygstød, og det var strengt forbudt at læne sig tilbage mod den næste Pult.

Det var Geografi fra elleve til tolv en varm Augustdag efter Ferierne. Solen skinnede over Rektorens Have og paa de fire store Æbler paa hans lille Æbletræ. De blaa Gardiner vare trukne for det øverste Vindu; men i det næste havde Abraham indrettet sig en sindrig Solskive med Blækstreger i Vinduskarmen. Han telegraferede just omkring til Spørgere i Klassen, at Klokken var over halv.

„Flere Byer —" sagde Adjunkten oppe fra Kathederet og blæste i en Fjerpen. Det var hans Specialitet at spidse Fjerpenne; og rundt i alle de Klasser, hvor han læste, laa der en liden sirlig Samling af Fjerpenne, som ingen brugte undtagen Rektor.

Alligevel havde Adjunkt Borring Møie med at holde dem iorden. Thi det hændte meget ofte, at en vanartig Discipel samlede Pennene i Frikvarteret, stak dem ned i et Blækhus og rodede saalænge om med dem, til Spidserne strittede til alle Kanter, og Penneposerne vare fulde af Blæk.

Naar da næste Gang Borring kom i Klassen og skreg: „Nei men du store Gud! hvem har ødelagt mine Penne? —" saa svaredes der sikkert og enstemmigt fra hele Klassen: „Aalbom!"

Thi det var bekjendt, at Adjunkterne Borring og Aalbom inderligen hadede hinanden.

Adjunkten skrabede Penneposerne og blæste de fine hvide og blækkede Spiraler udover Kathederet.

„Flere Byer —" derpaa mumlede han en liden Velsignelse over Aalbom, „flere Byer, flere Byer!"

Ellers var der ingen Lyd i Klassen; thi det var nederste Bænk, som skulde høres idag, og derfra svaredes aldrig. Dette var ogsaa vitterligt for alle; men for en Ordens Skyld blev de hørt en Gang om Maaneden, forat de kunde faa sit Firtal i Karakterbogen.

5

Og de fire, fem Karle dernede saa heller ikke ud, som om de brød sig stort om enten der svaredes eller ikke, og derfor var der ingen paa de øvre Bænke, der gad udsætte sig for Fare ved at hviske nedover til dem. Kun han, som netop blev hørt, sad urolig og pillede ved Landkartet, som laa lukket paa Bordet foran ham. Thi under Examinationen maatte baade den, som blev spurgt, og de nærmeste, lukke sine Karter.

„Geografi er ingen Kunst paa Kartet," sagde Borring.

Mod Sædvane havde han læst lidt idag — den lange Tolleiv; det var Byer i Belgien; han havde læst to Gange over hjemme og en Gang paa Skolen.

Men denne Stilhed mellem hver Gang Adjunkten sagde: „flere Byer", de meget usikre Erindringer om disse belgiske Byer, naar Bryssel var nævnt, og det usædvanlige for ham i at svare, — alt dette lukkede Munden paa ham, skjønt han vidste med Bestemthed ialfald en By til, — han sad og sagde Navnet inde i sig; men han turde ikke aabne Munden; kanske var det alligevel splittergalt og som sædvanligt til almindelig Latter; det var bedst at tie.

De andre paa nederste Bænk afventede i rolig Trods sin Skjæbne. Det var de største og stærkeste Gutter i Klassen; de tænkte paa at gaa tilsjøs og de brød sig Fanden om Karakterbogen. Kun en af dem tog Geografien under Bordet og læste lidt om Belgiens Byer og det, som kom efterpaa.

Lille Marius sad saa pent paa sin Bænk, hans store Øine fulgte opmærksomt Læreren, mens han puslede med noget under Bordet, somom han knyttede Knuder paa noget og trak dem stramt til af al Magt.

Hele Klassen summede saa smaat i den varme Middagstime; hver beskjæftiget med sit. Nogle gjorde ingenting, men sad med Hænderne i Lommen og gloede ud i Luften; en skrev latinske Gloser bag et Bjerg af Bøger; en anden havde lagt sit Hoved ned paa Armene og sov stille; ved Vinduet sad en og stirrede paa Rektorens fire Æbler, mens han fantaserede over, hvor mange der vel kunde være paa den anden Side af Træet, som han ikke kunde se, samt over, hvorvidt det skulde kunne lade sig gjøre at klatre over Muren en Aftenstund, naar det blev mørkere.

To havde slaaet sig sammen over et stort Evropakart, hvorpaa de seilede med Skibe af Fliser, som de skar under Bordet. Der stod en Satans Sydvest opad Kanalen, saa baade Freya og Familiens Haab maatte gaa nordenom Skotland. Men nede ved Gibraltar laa den Anden paa Lur med en lang Halvdel af en Blyant, som han havde dyppet i Blækhuset;

det skulde være en algirisk Sørøver.

„Flere Byer, — flere Byer!"

„Namur" — sagde Tolleiv pludselig.

Halve Klassen vendte sig forbauset, og en paa næstnederste Bænk var endog saa udelikat, at han stak Hovedet helt ind under Tolleivs Bord, for at se, om han ikke havde Geografien paa Knæerne,

„Namür — ikke Namur," sagde Adjunkten tværr og saa i Bogen foran sig, „nei den kommer ikke endnu. Der er — lad mig se, — der er tre Byer, før den kommer, som du nævnte; hvad er det for tre Byer? — naa! hvad er det for tre Byer?"

Men nu var Tolleiv færdig med det, han vidste; og han hensank i sløv Trods uden at agte paa, hvergang Adjunkten blæste i en Pennepose og sagde: „hvad er det for tre Byer?"

Lille Marius maatte være færdig med sit hemmelighedsfulde Arbeide under Bordet; thi pludselig kastede han noget henover til sin Sidemand og skjulte derpaa sit Ansigt i Hænderne, saa bare Øinene gik fra den ene til den anden.

Marius's Sidemand sendte det, han havde faaet, til sin Nabo, og saaledes gik det opover Klassen; nogle lo, andre tog det roligt, somom de var vant til det; sendte det videre og fortsatte sin Syssel, — hvad det nu var.

Men Abraham var ifærd med at forbedre sin Solskive i Vinduskarmen, og da hans Sidemand kastede en blaa Dult hen til ham, blev han ærgerlig. Han kjendte saa godt Marius's Rotter af det blaa Lommetørklæde, og han var saa kjed af dem, at han bare tog Rotten og kastede den nedover Klassen uden at vende sig om.

Men derved traf det sig saa, at Marius's Lommetørklæde faldt ned i Spanien og feiede baade Røveren og Koffardiskibene paa Gulvet, medens de to, som vare midti en spændende Kamp foran Gibraltar, hoppede paa Bænken.

Derved blev Adjunkten forstyrret: „Hvad var det?"

„En Rotte", svaredes strax. Men da nu Marius's velbekjendte Rotte blev løftet op fra Gulvet efter Halen, brød hele Klassen ud i Latter; thi Marius var en anerkjendt Mester til at lave Rotter, især havde han et Snit med Ørene.

Men Adjunkten blev sint: „Uf Marius! — er du nu ude igjen med de dumme Rotter; jeg synes — ved Gud! du snart maatte være voxet fra slige Børnestreger."

Marius fik sit Lommetørklæde igjen og begyndte meget flau at knytte

7

Knuderne op; alligevel maatte han en og anden Gang skjule sin Latter; han fandt det saa umaadelig morsomt, da Abraham kastede Rotten.

Adjunkten saa paa Klokken; Timen var næsten ude; han lagde de kjære Fjerpenne tilside, blæste Kathederet rent, knipsede Kniven sammen og tog fat paa Bogen.

„Nu Tolleiv! — du kan jo ingenting, aldrig kan du noget. — Saa du da — Reinert! kan du nævne mig Byer i Belgien efter Bryssel — Namür er ogsaa nævnt, naa — flere Byer, flere Byer! Du hellerikke? — nei naturligvis; I er af samme Surdeig allesammen dernede. Saa du da — Sørensen! flere Byer i Belgien efter Bryssel! — naada! — saa!"

„Klokken har slaaet," meldte Pedellen i Døren.

„Ja se deri saaledes gaar detl — her sidder vi Time efter Time og kaster vor Tid bort paa de Dovendyrene dernede, som ikke vil lære noget; der er ikke andet, som frugter paa Jer end tørre Bank, og det skulde I have, om jeg fik raade."

Dermed gav han dem alle i en Fart deres Firtal, og raabte gjennem den Larm, som nu reiste sig i Klassen: „næste Gang til Floder i Frankrige."

„Floder i Frankrig", gjentoges nedover Klassen. Duxen satte et lidet Mærke med Neglen i sin Bog; Abraham lagde en stor Bret; to Brødre, som vare fælles om en Bog, løb urolige omkring for at faa rigtig nøiagtig Underretning om, hvor langt de skulde have.

„Til Floder i Frankrig" — raabte Reinert og slog med Vilje en stor Blækklat i sin Bog til Mærke, derpaa lukkede han Bogen, forat det skulde kline sig rigtig godt udover.

Lille Marius saa paa ham med Skræk og Beundring.

Fra tolv til et skulde Klassen deles. Realisterne, hvortil selvfølgelig hørte hele nederste Bænk, blev igjen, for at læse engelsk; medens Latinerne samlede sine Bøger og drog over til den anden Skolebygning.

De lavere Klasser, som var der, slap nemlig af Skolen Klokken tolv, saa at Latinerne tog et af deres Rum i Besiddelse i den sidste Time. Med Abraham i Spidsen banede de otte-ti Latinere sig Vei gjennem Mylderet af de smaa, som strømmede ud i Gangene og Trappen.

„Fi donc!" raabte Abraham, da de endelig naaede det Værelse i anden Etage, som de skulde have; „her maa luftes ordentlig ud efter Stinkdyrene."

Alle Vinduer sloges op, og nogle forsinkede Stinkdyr, som endnu gik og puslede i sine Hylder, bleve ubarmhjertigen slængt ud paa Gangen.

Ved hver Udkastning opløftede de smaa derude vilde Hævnhyl; men Latinerne ænsede det ikke; de lukkede sine Porte, og den tykke

Morten, som taalmodigt bar Tilnavnet Bagstræveren — det er ikke godt at forklare hvorfor —, han blev sat til at holde Vagt.

Thi de overmodige Stinkdyr, som stolede paa sin Masse og paa Trappen, kastede hverandre mod Døren og ruskede i Laasen.

Duxen, som altid holdt modige Taler, foreslog et Udfald med Latinernes samlede Hær; men Stemningen var ikke krigersk. Abraham sad oppe paa Kathederet og dirkede i Laasen; han havde sat sig i Hovedet, at han vilde se Stinkdyrenes Protokol.

Men pludselig lød der høie Triumfskrig derude. Morten Bagstræver glyttede paa Døren og raabte derpaa forfærdet til sine Venner: „Tilhjælp! de har fanget Rottekongen."

Abraham styrtede ned fra Kathederet, de andre fulgte. Duxen sidst: lille Marius var falden i Stinkdyrenes Hænder.

Lille Marius var Latinernes Smertens Barn; han var ikke større end et middels Stinkdyr og vilde ikke voxe; derfor var han altid under Bevogtning.

Men idag var han bleven glemt, medens han gik og ledte efter sine høist vigtige Glose— og Anmærkningsbøger. Og da han saa kom og vilde ind til sine Kammerater, blev han greben i Arme og Ben af tredive smaa, sorte Hænder og trukket bort fra Døren; og nu tumlede lille Marius omkring blandt sine Fiender, over hvilke han netop ragede saameget op, at man saa de store fortvivlede Øine og et Par tynde Arme, hvormed han baskede i Luften.

Men de dunkede ham i Maven og kneb ham bag, rev ham i Haaret og i Ørene og kastede hans egne Bøger i Hovedet paa ham, medens hans dyrebare Glose— og Anmærkningsbøger føg i Luften som løse Blade.

Dette fik en brat og voldsom Ende, da Latinerne stormede ud; de smaa slængtes tilside og forsvandt bag Døre og i Trappen, medens den befriede Marius førtes ind til Latinerne. Men neppe havde de lukket sine Porte, før Gangen igjen var vrimlende fuld af jublende Stinkdyr.

„Hævn! —" raabte Abraham.

„Ja — Hævn — Hævn!" gjentog Duxen og trak sig tilbage.

„Du skal være den vrede Achilles:"

„Ja," svarede lille Marius med funklende Øine.

Naar Marius var den vrede Achilles, sad han oppe paa Abraham Skuldre, og herfra huggede han ubarmhjertigt ned i Hovederne paa sine Dødsfiender med en lang Lineal.

Latinerne greb til Vaaben. Hylderne bleve plyndrede for Linealer; Slyngekasterne og Bueskytterne forsynede sig med Kridtstykker af

9

Tavlekassen; selv Duxen tog en ganske liden Lineal, som han gik og svang under heftige Opmuntringer — helt oppe i den anden Ende af Værelset bag Kathederet.

Abraham udviklede ihast sin Plan. Saasnart den vrede Achilles gav Tegnet, skulde de opløfte Kampskriget, Morten Bagstræver skulde slaa Porten op, Bueskytterne og Slyngekasterne skulde udsende en Regn af Pile og Stene, medens Rytteriet fulgt af de sværtbevæbnede hoplites styrtede ind blandt Fienden, for at afskjære dem fra Hovedtrappen; saa kunde man efterpaa i Ro og Mag fange de adsplittede Stinkdyr og henrette dem enkeltvis.

Alt var beredt; og i den almindelige Iver lagde ingen Mærke til, at der var blevet ganske stille ude paa Gangen. Den vrede Achilles svang sig tilhest, og pludselig opløftede de paa en Gang Latinernes forfærdelige Kampskrig, Morten Bagstræver rev Porten op, en Regn af Kasteskyds formørkede Luften; hastati og principes rykkede frem i Løb, men allerforrest tumlede den vrede Achilles sin Hest — svingende den tunge Lanse.

Men en Stilhed — pludselig, skjærende som et Lyn fra Himlen, — dyb, ulykkesvanger som steg den fra hades — slukkede det vilde Vaabengny og naglede Latinernes seiervante Skarer til Jorden.

Thi midt i de vidt aabne Døre stod en liden, tyk Mand i knappet graa Frak, grøn Klaffehue og Briller; — midt paa Maven en stor Kridtflek efter et velrettet Slyngekast.

Maalløs stirrede han fra den ene til den anden. Duxen sad alt forlængst med Ryggen til det hele og Næsen i Grammatiken; Slyngekasterne slap sine Kridtstykker, de sværtbevæbnede hoplites holdt Linealerne paa Ryggen; men den vrede Achilles trak Benene til sig, skrumpede ganske sammen og gled som en Igle nedad Ryggen paa Abraham.

„Ja jeg skal lære Jer," raabte endelig Rektor, da han fik sit Maal igjen, „jeg skal lære Jer at fare med Støi og Spektakel og alskens Vildskab! Hvad var nu dette? hvem var det, som var med? — her skal engang straffes ordentligt! Du Broch! var vel ikke med."

„Nei da," svarede Duxen med et fromt Smil.

„Men Marius! — Marius du var med," raabte Rektor bittert; thi lille Marius var hans Yndling; „hvorledes kunde du dog falde paa sligt? oppe paa Ryggen af Abraham — hvad skulde du der? — Svar!"

„Jeg skulde være den vrede Achilles," svarede lille Marius med bævrende Mund og saa op med sine forskrækkede Øine.

„Naa saalede! — hm! saa du skulde være den vrede Achilles; ja du ser mig ud til det; det er just saaledes, jeg bestandig har forestillet mig ham"

— Rektor maatte hen til Vinduet, for at bevare sit Alvor; men hele Klassen forstod godt, at Uveiret var over.

Alligevel stod alle med sønderknuste Miner og hørte paa den lille Formaningstale, Rektor gav dem, før han gik at opsøge den inspektionshavende Lærer. Thi det var jo klart, at saadan Uorden kun kunde finde Sted, naar den inspektionshavende forsømte sin Pligt.

Og hvilken Hjertens Fryd og Glæde var det ikke for Adjunkt Borring at kunne meddele Hr. Rektoren, at den inspektionshavende var Adjunkt Aalbom, som, saavidt han vidste, var gaaet over i Athenæum, for at læse Aviser.

II.

Lille Marius var Abrahams bedste Ven, og Abraham var lille Marius's Ideal.

De pleiede at læse Lexer sammen hjemme paa Abrahams Værelse; og det er ikke godt at vide, hvorledes Marius vilde klaret sig paa Skolen, om han ikke havde havt denne Støtte. For lille Marius var saa daarlig i alt — undtagen i Latin.

Men Latin var hans Fag, det kunde han.

Der var ikke den Form, der var ikke den Biform, der var ikke den Uregelmæssighed eiheller den Regel, eiheller den Undtagelse skjult i den mest afsides Fold af Madvigs folderige Omsvøb — kom bare til lille Marius, han vidste Besked om alt.

Lige fra den første Dag, da Rektor overgav dem mensa til Declination, havde Marius udmærket sig.

Thi Rektor havde selv været hos hans Moder og sagt, at hvis lille Marius vilde være flink, saa skulde han faa Lov til at studere; Rektor vilde skaffe ham Fripiads ved Skolen og have et Øie med ham senere ogsaa.

Dette var baade en Glæde og en stor Hjælp for Marius's Moder; og hun indprentede ham ogsaa, hvad det var for en Gunst af Rektor, at han skulde faa Lov til at studere, hvis han var flink i Latin; thi det var Meningen.

Og derfor gik hvert Ord fra Rektorens Mund lige ind i Marius's Hoved og satte sig fast der som Spiger i Væg.

Men skjønt hans Hoved var rummeligt og igrunden altfor stort i Forhold til selve Kroppen, blev der dog efterhaanden for liden Plads til alt det andet, som ogsaa skulde læres.

Rektorens Latin bredte sig udover, lagde Beslag paa al hans Evne til at

11

modtage; forbrugte hele Hukommelsen og gruede som Skræppeskoven i Eventyret hen over ligt og uligt, saa at alt, hvad der ellers kanske vilde spiret af Interesse, Lærelyst eller Nysgjerrighed — det forkrøbledes aldeles, og han blev — som Rektor triumferende sagde — en fuldblods Latiner.

Op og ned i Klassen gik Rektor og gned sine Hænder straalende af Henrykkelse, medens lille Marius uforfærdet tumlede afsted med lange Former og Endelser, som kunde brække Tungen paa Folk; aldrig Feil, aldrig Stans, Øinene stivt følgende Rektor og Fingrene knyttende vilde Rotteknuder paa Lommetørklædet:

„monebor
moneberis
monebitur,
monebimur
monebimini
monebuntur."

„Rigtigt — Gutten min! — meget rigtigt" — sagde Rektor; og han kunde ikke begribe, at det i de andre Fag gik saa yderlig smaat med lille Marius.

Alle Lærerne klagede, og Rektor maatte af og til være stræng imod sin Yndling, formane og irettesætte ham, — ja han havde endog et Par Gange hentydet til den Friplads, Marius havde, og som han ikke maatte forspilde.

Men alt var glemt, naar Marius igjen fik en vanskelig Konjugation at tumle med, og Rektor klappede ham paa Hovedet: „Naa — naa — lille Marius! — det gaar nok med Mathematiken og det andet, naar vi blir lidt større og faar mere Kjød paa Benene. I Latin er du en liden Professor."

Det var i Virkeligheden Rektorens ærgjerrige Drøm at gjøre lille Marius til noget stort, noget lærd — helt op imod Madvig; saa vilde han selv nøies med at nævnes som den, der havde ledet Barnets og Ynglingens første Skridt mod Parnas.

Lille Marius fulgte med uden at tænke synderligt over, hvor det bar hen. Han var efter alle Læreres og Kammeraters enstemmige Dom frygteligt barnagtig; og var det ikke for Latinens Skyld, burde han aldrig været saa høit oppe i Skolen.

Derfor var han paavei til at blive etslags Syndebuk i Klassen, dengang Abraham tog sig af ham. Abraham var baade stærk og noksaa flink, og dertil havde han en vis Stilling som Søn af Professor Løvdahl.

Marius havde altid dyrket Abraham paa Frastand; men da de nu blev bedste Venner, var han næsten fjollet af Glæde. Naar han kom hjem til sin Moder, snakkede han uophørligt om Abraham, og naar de sad og læste sammen, var han i en bestandig Henrykkelse.

Grunden til, at Abraham tog sig af ham, var den, at Fru Løvdahl en Dag havde sagt, at lille Marius's Moder var meget ulykkelig, ensom og forladt i Verden. Disse Ord satte sig fast i hans Sind, og da han den næste Gang saa Marius ærtet af sine Kammerater og forfulgt af Stinkdyrene, stillede han sig pludselig som hans Forsvarer; og derfra varede det ikke mange Dage, inden de blev uadskillelige.

Abraham havde intet imod den stille Dyrkelse; og desuden var det for ham, der allerede i et halvt Aar havde været haabløst forelsket, en stor Lindring at kunne udøse sine Længsler, sine Klager, sine Haab og sine Fortvivlelser i lille Marius's trofaste Hjerte. —

Lille Marius sad og gabte. Vel havde han sat Abraham høit; men at han var saa stor, saa ophøiet: forelsket, virkelig ulykkeligt forelsket — det overgik Marius's Begreb og sænkede ham i end bundløsere Beundring.

Han syntes, han voxte selv ved at bære Halvdelen af denne skjæbnetunge Hemmelighed; og naar han mødte hende paa Gaden — det var en af Provsten Sparres voxne Døtre —, fæstede han sine store brune Øine paa hende halvt bebreidende, halvt hemmelighedsfuldt medvidende.

Marius kom en Eftermiddag, for at læse. Abraham sad med Hovedet mellem Hænderne, stirrede ned i Bordpladen, og syntes ikke at mærke, der kom nogen ind.

Lille Marius gik da forsigtigt hen og lagde en Haand paa hans Skulder. Abraham fór op — forvildet, uden at kunne samle sine Tanker. Men da betragtede lille Marius ham saa deltagende med sine store, fugtige Øine, saa det gjorde den ulykkelige Elsker godt.

„Har du seet hende idag?"

„Tal ikke om hende! — nævn ikke hendes Navn! — hører du, Marius! er du min Ven, saa sværg, at du aldrig mere vil nævne hendes Navn, — sværg!"

„Jeg sværger," hviskede lille Marius bevæget.

Dette beroligede den anden. Han satte sig ned igjen og bedækkede sit Ansigt med sine Hænder og sukkede. Saaledes sad de et Par Minutter.

Endelig sagde Abraham med dump, uhyggelig Stemme og uden at se op: „Hun har troløst sveget mig; alt er forbi, — hun er forlovet!"

Marius gav et lidet Skrig; men han turde jo ikke spørge for sin Ed.

Atter efter en Stilhed kom det mat og tonløst fra Abraham: „Med Telegrafist Eriksen."

„Med ham!" raabte Marius, „han har været to Gange oppe til artium, men strøg begge Gange med Glans!"

„Er det sandt? — Marius!"

„Saa sandt, du ser mig! Mor har selv fortalt det; hun kjender ham."

Abraham smilte haanligt.

„Jeg vil ikke dræbe ham, — Marius!"

„Tænkte du paa det?"

„Min første Tanke var Blod — han eller jeg. Men nu vil jeg hævne mig paa en anden Maade."

Han strøg Haaret op, tog Bøgerne ud af Hylden og kastede dem paa Bordet: „Vi begynde med Mathematiken: ikke et Ord mere om det andet!"

De læste nu Mathematik sammen paa den Maade, at Abraham, som forstod Beviserne, gjennemgik dem og forklarede,og hvergang han spurgte: Forstaar du? — svarede Marius: ja; hvilket var Løgn; han havde aldrig forstaaet et Ord Mathematik og allermindst idag.

Da de var færdige med alle Lexerne for imorgen, slog han den sidste Bog i og sagde: „Saaledes vil jeg hævne mig!"

Marius stirrede paa ham og paa Bogen.

„Ved at arbeide — forstaar du! og naar jeg saa kommer hjem fra Universitetet med laud — eller kanske præ ceteris, og møder hende med hendes elendige Telegrafist, da vil jeg se paa hende, saaledes som du ved, jeg kan se; — og det skal være min Hævn!"

Abraham rynkede sine Øienbryn helt sammen og stirrede paa Marius; og han følte, at dette vilde være den frygteligste Hævn.

„Der kommer Mor," sagde Abraham; han hørte Døren gaa til Forældrenes Værelse, som var skilt fra hans ved en smal Gang, der førte til Kjøkkenet.

Fru Løvdahl traadte ind med en Tallerken Æbler og Nødder.

„Godaften — lille Marius! hvordan lever din Mor?"

„Tak godt!" svarede han og reiste sig lidt genert.

„Værsaagod Gutter! spis! — jeg tænkte, I kunde behøve en Forfriskning efter al den tørre Lærdom, I propper i Jer Arminger!"

Hun talte et hurtigt, klingende Bergensmaal og smilte, mens hun prøvede at glatte Abrahams Haar, som endnu mindede om den fortvivlede Elsker.

Fru Løvdahl var meget smuk og saa ungdommelig, at det var en stadig Moro for hende at præsentere Fremmede sin lange Søn paa fjorten-femten Aar. Dengang Carsten Løvdahl kom hjem fra Paris med de mest glimrende Vidnesbyrd fra Øienlægerne og med sit evropæiske Væsen, giftede hun sig strax med ham, før hun havde fyldt sit tyvende Aar; han var en fire-fem Aar ældre.

Fru Løvdahl satte sig ned mellem Gutterne og begyndte paa et Æble.

„Hvad er det nu for noget Skrab, I skal have til imorgen? — lad mig høre."

Abraham regnede op: „Græsk, Latin, Mathematik —"

„Hu!" — sagde Fru Løvdahl, „Græsk! det er vist noget fælt!"

„Det er Homers Iliade; det er om de græske Kjæmper foran Troja," sagde lille Marius ivrig; han var ikke vant til saadan Tale om de klassiske Studier.

„Tror du ikke, Mor ved, hvad Iliaden er?" sagde Abraham, og Marius blev ildrød.

Men Fru Løvdahl sendte sin Søn et Blik og lod, somom hun ikke mærkede lille Marius's Forlegenhed.

„Hvad skal nu det være godt for?" vedblev hun, „at I læser og læser om disse Grækerne? ja ikke ved jeg, hvorledes de var i gamle Dage, da de laa for Troja. Men det har jeg da mangen Gang hørt Skipperne hjemme hos Far sige, at hvor i Verden de for, saa var Grækerne det falskeste Pak, som til er. Akkurat som ikke vi havde ligesaa gode Kjæmper i gamle Dage — og bedre til! Hvor er Snorre?"

„Han staar bag dig i Hylden."

„Har du nu læst ham helt ud?"

Abraham løftede Armene, som for at værne sig mod Dask.

„Ja — jeg skal ta' dig — din elendige Græker," raabte Fru Løvdahl og kastede sig over ham, for at ruske ham i Haaret; men Abraham værgede sig med Arme og Ben, og lille Marius lo, saa han var ifærd med at trille under Bordet.

Kampen endte, da Fruen havde faaet sit store blonde Haar nedover Øine og Øren, Brystnaalen paa Gulvet og Manchetterne krøllede; Abraham triumferede aabenbart, Marius i Stilhed.

„Kom nu," sagde Fruen, da hun havde ordnet sig, „nu skal I have Jer en ordentlig Vask i ægte norsk Saga."

„Aa nei — Mor! lad os slippe!"

„Jo — du skal! — til Straf, fordi du forsømmer Snorre skal du nu selv høre, hvad han er for en Karl."

Og hun begyndte at læse for dem, og hun læste udmærket godt —

kjendt som hun var med Sagastilen og forelsket i den. Thi hos hendes Far — den rige Abraham Knorr i Bergen — havde der i hendes Ungdom været Møde af alt det, som var forblevet norsk og kavnorskt under den spirende blaagule Reaktion.

Der kom de grovkornede Skippere og alslags nationale Genier, en Blanding af meget forskjelligt, — kun at det altsammen var norsk; og der kom de første Maalstrævere — begeistrede og faamælte, stive Nakker med gjenstridige Flipper, Vadmelsbuxer med Hornknapper — norske Hornknapper.

Kun faa vare de Ord, som flød fra deres Læber; men vægtige og vanskelige Orakelsprog fra Folkedybet var det. Thi i deres fulde Hjerter brændte Kjærligheden til Fædreland, Frihed og Folk, — den brændte med hele en halvt forstaaet Kjærligheds søvnløse Tvivl. De vare forstokkede og uforsonlige, fordi de aldrig var visse paa, at de havde fuldt Tag paa det rette; men de var standhaftige og trofaste, fordi noget sagde dem, at det gjaldt om at holde fast.

Blandt saadanne Mænd voxte Wenche Knorr op, og hun var jo deres Valkyrie og meget andet. Hendes Familie var gammel i Bergen; og den førte fra Slægt til Slægt en Fædrelandskjærlighed, et nationalt Sindelag forstærket og kampberedt, som det findes der, hvor et fremmed Blod er bleven beseiret. Wenche Knorr var nationalt begeistret; hun var færdig til ethvert Offer for Friheden og Folket; hun gik i hjemmevævet Tøi og kunde „Maalet" og var bare bedrøvet, fordi der ikke krævedes mere.

Og saa en vakker Dag gik hun hen og forlovede sig med den nye Professor Carsten Løvdahl, som for det første var af en gammel stokstiv, dansk Embedsfamilie, og om hvem det dernæst kun var bekjendt, at han var pousseret frem ved Universitetet og havde været en yndet Kavaler i Hovedstaden.

Al den Sorg og Skuffelse, dette vakte!

Det var et Nederlag for selve Folkets egen Sag, de ivrigste kaldte det for en Landesorg. Og hvor gjerne hver eneste af de ugifte Maalstrævere og Frihedsmænd end vilde havt hende for sig selv, saa vilde han dog undt en hvilkensomhelst af Kammeraterne denne Valkyrie hellere end, at hun skulde kaste sig bort til saadan en Laps og Charlatan som Carsten Løvdahl.

Og denne Stemning lod sig ogsaa bestemt paavise i sex af de enogtyve Sange til Wenche Løvdahl, som samvittighedsfuldt blev afsungne ved Bryllupsbordet.

Men at hun tog ham, var gaaet saaledes til. Hun tilbragte et Aar i den fine Ende af Kristiania; der var tilogmed Hof den Vinter med Svensker og sligt.

Og da saa Carsten Løvdahl kom hjem midt opi alt dette — smukkere, elegantere og interessantere end alle de andre og dertilmed norsk, — med sin Norskhed opfrisket ved en lang Fraværelse i Udlandet, saa syntes Wenche Knorr, at her var den skjønneste Forening af det, hun elskede hjemmefra, og det evropæiske fine, hun havde faaet Smag paa i Hovedstaden. Og saaledes blev de forlovede og gifte.

Men det varede ikke længe, inden hun mærkede sin Feiltagelse; de gamle Venner havde ikke længer den klippefaste Tiltro til hende, skjønt hun i sit Hjerte var uforandret — lige norsk, lige uforfærdet i sit Frisind; og værre blev det, da hun flyttede til den lille gammeldagse By, hvor hun blev ganske alene mellem sin Mands Venner.

Men især, naar hun som iaften læste Ting, der — levende satte hende ind i hendes Ungdoms Idékreds, kunde der falde en Tyngsel over hende, — som en Anelse om, at denne Spaltning af hendes Liv ikke kunde føre til noget godt.

Abraham gjorde først Grimacer til Marius, men faldt snart i Tanker over sin tunge Skjæbne. Marius hørte derimod efter, og det begyndte at interessere ham disse drabelige Hug til høire og venstre, bestandigt i Ufred med Sværd i Haand, — ganske som hans eget Liv blandt Stinkdyrene.

„Der er Far," afbrød Abraham.

Fruen stansede, da han traadte ind; men læste dog Afsnittet ud for sig selv, inden hun lukkede Bogen.

Professoren var i Skjorteærmer med opbrættede Manchetter; han gik og tørrede sine Hænder i Haandklædet.

„Godaften — Gutter! hvad læser du for dem — Wenche?"

„Snorre!" — svarede Adraham og smilte til Faderen.

„Pyt! — ja jeg kunde tænke det. Det er ogsaa noget at læse for civiliserede unge Mennesker."

"Vore tapre Forfædres Heltebedrifter?" — svarede Fru Wenche slagfærdig.

„Helte — bah! — Snigmordere, Røvere og Mordbrændere — det var de. Nei — maa jeg saa hellere faa høre om den rapfodede Achilles eller Hektor svingende den tunge Lanse. Ikke sandt? Gutter!"

„Jo" — raabte Abraham, og Marius fulgte med.

„Aa — jeg gider ikke svare Jer," sagde Fru Wenche ærgerlig og satte Snorre op paa hans Plads.

Professoren blev ved at gaa mellem sit og Abrahams Værelse over den

17

lille lukkede Gang; han smaasnakkede og spøgte som det var hans Vane, naar han klædte sig om.

Idet Fru Wenche gik, sagde hun: „Kommer du ikke snart ind til mig i Stuen — Abraham? Godnat, lille Marius! — hils din Mor!"

Da ogsaa Marius var gaaet hjem, sagde Professoren: „Snil Gut — den lille Gottwald. Det er svært, hvor hedt det er blevet mellem Jer to i det sidste."

„Det er min bedste Ven," sagde Abraham lidt usikkert.

„Bedste Ven!" gjentog Faderen og lo lidt, „disse Venskaber for Liv og Død, man er saa færdig til at slutte i Gutteaarene — aa ja, jeg kjender dem! Det er en Lykke, at der ialmindelighed bliver saa lidet af dem. Det er en Lykke — siger jeg —, fordi det jo vilde være yderst ubekvemt — især for dem af os, som skal langt frem i Livet, om saadant et Guttevenskab virkelig skulde forpligte for Liv og Død."

Abraham saa ud, somom han ikke rigtig forstod, og den anden vedblev: „Ser du, Skolegutter er jo lige — eller saa omtrent ligestillede; men naar Skolen slipper dem, spredes de over Livet, og Livet gjør dem meget snart høist ulige. Tænk dig nu selv, hvor Fortsættelsen af et saadant Guttevenskab bliver umulig, om for Exempel den ene gaar tilveirs i Samfundet, medens den anden gaar nedad, eller bliver staaende der, hvor han hører til. Se derfor er det netop saa viselig indrettet, at selve Livet drager Omsorg for, at saadanne Venskaber ikke lever længer, end medens de ere uskadelige."

„Ja men Marius skal jo studere," indskjød Abraham.

„Javist — javist! det bestaar jo ikke deri; det var saamænd hellerikke expres Marius, jeg tænkte paa. Han kan jo ikke hjælpe — det vil sige, der er noget ved hans Forhold, som du ikke kan forstaa, og som du ikke behøver at bekymre dig om; det er vist en snil og brav Gut, som du gjerne maa omgaaes; det retter sig nok. Jeg vilde bare give dig en Advarsel mod dette sentimentale Venskab i Liv og Død; du ved, jeg liger ikke Sentimentalitet; det passer ikke for os Mandfolk."

Abraham var altid smigret, naar Faderen saaledes behandlede ham som en yngre Ven; især tiltalte det ham at blive taget med blandt „os Mandfolk". Hentydningen til, at der var noget iveien med Marius, vakte hans Nysgjerrighed; men han saa paa Faderens Ansigt, at der ikke maatte spørges.

Professor Løvdahl var nu færdig med sin Omklædning, han tog rent Lommetørklæde og gik smaasyngende, for at tilbringe en Timestid før Aftensbordet oppe i Klubben. Hans Liv var meget regelmæssigt, hans Person var smuk og velpleiet, og alle hans Anskuelser vare færdige og

18

sirligt ordnede i hans gode Hoved.

Skjønt han i Virkeligheden kun var faa Aar ældre end sin Kone, syntes Afstanden langt større. Thi han havde fra Ungdommen lagt an paa at se værdig ud; han yndede det gamle og sikre og det, som havde fast Rod; h u n sværmede for det nye, forhaabningsrige og for det, som var i rask Væxt. Derfor blev de efterhaanden hinanden saa ulige baade i Sind og Skind.

Naar nogen spurgte ham, hvorfor han dog havde forladt Hovedstaden og den hæderfulde Professorpost, der var ham budt i saa ung en Alder, for at begrave sig her i denne lidet videnskabelige By, saa fortalte Professor Løvdahl gjerne en Historie fra de første Aar af hans Ægteskab.

„Min Kone er — som De ved — Bergenserinde — Bergenserinde med Liv og Sjæl. Hun har dette lette enthusiastiske Gemyt, som trænger til at leve mellem stærkt bevægede og bevægelige Personer; og derfor kan De vel tænke Dem, Kristiania var ikke noget Sted for hende. Jeg — paa min Side — er — om De saa vil: Europæer; jeg kan trives omtrent, hvor det skal være, — kun ikke i Bergen, — nei! jeg forsikrer Dem: ikke i Bergen! Nuvel: hun vilde for enhver Pris bort fra Kristiania, jeg vilde ikke for nogen Pris til Bergen, og saa kom vi hinanden gjensidig imøde, og Mødestedet blev denne By."

Denne Historie var næsten sand, og havde han havt andre Grunde til Flytningen, saa var de ialfald hans Hemmelighed. Men onde Tunger paastod altid, at Carsten Løvdahl aldrig vilde forladt Universitetet, om hans Stilling fuldtud havde tilfredsstillet ham. Sagen var nok den, at han igrunden var temmelig hul, saa de yngre Kandidater stundom truede med at sætte ham alvorlig fast.

Uagtet han derfor havde store Indflydelser i Ryggen og efter sin Livsanskuelse var fuldstændig i Overensstemmelse med Universitetets ledende Aand, var han dog klog nok til at agte paa Tidens Tegn. Han takkede af, mens Legen var god, og gik bort med et usvækket Renomme som Landets første Øienlæge.

Her i Byen havde han overtaget den Huslægepraxis, han ønskede; medens han kun leilighedsvis bekjæftigede sig med sit Specialstudium og holdt Liv i sin videnskabelige Berømmelse ved smaa forsigtige Artikler i indenlandske og fremmede Tidsskrifter.

Hans Kones store Formue sikrede ham et Liv i ubekymret Overflod, saaledes som han trængte til det. En Mand, hvis Navn havde Betydning i Videnskaben, som skrev — til og med paa fransk, og som med alt det ikke var fattig og luvslidt, men som endog kunde hamle op med de rigeste Kjøbmænd i Selskabelighed og Luxus, en saadan Mand maatte

19

selvfølgeligt indtage en høi og dominerende Stilling i den lille By. Det gjorde Professor Løvdahl ogsaa; hans Indflydelse var omtrent uden Grændser; dertil var han agtet og elsket af alle — Kvinder som Mænd; og det eneste, man lo lidt af, var hans Lyst til at bemægtige sig Ordet og tale længe og sirligt i en belærende Form. —

Medens Marius Gottwald spiste sin Aftensmad, fortalte han ufladeligt om Abraham; men hans Moder kunde ikke forstaa, hvorledes Fru Løvdahl kunde slaas med sin Søn.

„Aa — du forstaar vel, det var Spøg — Mor!" raabte Marius fornærmet, „du kan da vide, det var bare for Spøg."

„Ja — ja — naturligvis," svarede Fru Gottwald, for at berolige ham; men hun kunde alligevel ikke faa det ind i sit Hoved, hvorledes hun nogensinde skulde kunne slaas med lille Marius, om det saa ti Gange var for Spøg.

Fru Gottwald, som Byen var saa høflig at kalde hende, skjønt alle vidste, at hun ikke havde været gift, var kommen for nogle Aar siden østenfra med en liden Gut og en Del Penge. Professor Løvdahl, til hvem hun var anbefalet fra en Kollega, fik hende igang med en Modehandel, som Fru Løvdahl af al Magt støttede.

Bagom Butiken havde hun sin lille Dagligstue, og ved Siden af den var hendes og Marius's Soveværelse; Resten af det lille Hus optoges af Kjøkken og Entré; ovenpaa havde hun et Par Logerende.

Saasnart Marius havde spist, sagde han: „Læg nu den Hatten fra dig — Mor! vi maa klemme paa og læse."

„Skal du endnu læse mere idag — lille Marius? du har læst i hele Eftermiddag; lad os nu hvile os for idag, Klokken er snart ni."

„Jeg mener, du er gal — Mor! du kan da vide, jeg maa læse."

„Ja, men hvad har du da bestilt hele Aftenen hos Abraham?"

„Vi har læst alt det andet, det er bare Latinen —"

„Læser I ikke Latinen sammen?"

„Jo, — ser du, vi læser den nok; men Abraham bryder sig ikke om at analysere saa nøiagtigt; — han behøver det forresten hellerikke, for han kan det alligevel. Men jeg maa læse mere, ellers blir Aalbom gal og siger det til Rektoren."

„Aa — læs ikke mere — lille Marius; du har slet ikke godt af det," hun vilde trække ham hen til sig; men han havde ikke Tid til sligt, rev sig løs og lik fat paa Bogen.

„Se der begynder vi — Mor: tum vero Phaëton —, nu maa du spørge om hvert eneste Ord."

Den arme Fru GottWald havde virkelig lært sig til at spørge; men da hun jo ikke forstod et Ord af Svarene, var det for hende en temmeligt trættende Slutning paa en Arbeidsdag; og ikke engang Beundringen over Sønnens Lærdom formaaede altid at holde hendes Øine aabne.

Imidlertid nævnte hun mekanisk det latinske Ord, hvorpaa Marius i en Fart sagde alt, hvad der skulde siges om det Ord, og saa til det næste.

„Candescere" — læste Fru Gottwald søvnig.

„Candescere — candi — candes — can —" lille Marius blev ildrød i Hovedet, og Fingrene, som hidtil havde arbeidet fredeligt med Lommetørklædet, fór nu om mellem Bøgerne, idet han fortvivlet søgte efter Madvig.

Men Fru Gottwald blev med et lysvaagen; hun kjendte disse Anfald. Med en Gang kunde det sige stop for ham, og da blev han ganske, somom han var fra Forstanden. Da var der ingenting, som hjalp, uden at faa ham bragt til Ro jo før jo heller.

Hun greb ham derfor fast over Hænderne: „Nei — lille Marius! nu faar du paa ingen Maade Lov til at læse mere; kom, nu skal du sove paa det, saa er jeg vis paa, du kan det imorgen."

„Nei — nei Mor! — kjære slip mig; jeg maa finde det; bare et Øieblik! jeg ved, hvor det staar; aa slip mig"; han bad ganske bønligt med de store forskrækkede Øine; men hun holdt sig tapper og fik ham halvt lokket halvt trukket ind i Sovekammeret

Men hele Tiden, mens hun klædte ham af, hørte hun ham mumle Latin; og længe efterat han var falden isøvn, rykkede det pludselig i hans Haand, som hun holdt, og hans Hoved var hedt og tørt.

Hun sad der længe. Og tunge Tanker om Skam og Anger og Ydmygelse kom efter Sædvane ind og satte sig som Stamgjæster rundt den lille Seng, for at glo paa hende.

Men hun agtede ikke paa dem iaften; hendes Øine veg ikke fra det lille blege Ansigt med de forpinte Trækninger ved Munden og de blaalige Skygger under Øinene.

Ja — hun havde prøvet at sige det til Rektor — dette om Latinen. Men det var jo ikke godt for en enslig Kvinde i hendes Stilling, og Rektoren hjalp Marius frem og holdt jo netop saa meget af ham for denne Latin.

Og Distriktslæge Bentzen var en principiel Modstander af den moderne Snak om Børns Overlæsselse i Skolen; havde de endda lært saa meget Latin og faaet saa meget Prygl dertil som i hans Ungdom; men nu var der en Forkjælelse og en Hensynstagen, som var til at ærgre sig over.

Lille Marius skulde bare have kraftig Mad og springe ude i den friske

21

Luft, og saa behøvede han jo ikke netop at sprænglæse.
Ja — det var godt nok altsammen; de var jo alle saa velvillige mod hende.
Men se alligevel, hvor underligt han ligger og gnider sig i Tindingen.

III.

Ved Halvaarsexamen kom Abraham et Par Nummer op; men al Marius's Latin kunde ikke forhindre, at den lille Professor dumpede helt ned forbi Morten Bagstræver og blev Fux paa Partiet.

Det blev endogsaa sagt af Læreren i Mathematik, at hvis han ikke i næste Halvaar gjorde ganske overordentlige Fremskridt, saa skulde han sidde igjen og ikke komme op i 4de Latinklasse.

Abraham var langt fra flittig; men det hjalp, at han havde sat sig i Hovedet at trække Marius med; og da han lærte let, var det nok for ham, at han gjennemgik Lexerne en Gang. Marius derimod maatte læse, ligefra han slap af Skolen og til han gik til Abraham, mangengang efterpaa ogsaa.

Deres klassiske Uddannelse var nu naaet saa vidt, at de havde Latin i ni og Græsk i fem Timer om Ugen. De havde forladt Fædrus og Cæsar, for at forfriske sin Aand med Ciceros Tale om Alderdommen. Og efterat deres unge Tunger vare bøiede til anden Klasse af Verberne paa mi efter Curtius, vandrede de med Xenophon fem smaa Parasanger om Ugen ind i det guddommelige Hellas.

Den bredte sig — Skræppeskoven i de unge Hoveder. Lidt efter lidt udslettedes Forskjellen mellem det, som var morsomt at lære, og det, som var en Plage. Altsammen blev paa det nærmeste jævnt ligegyldigt for dem, kun rangeret efter den Vægt, Skolen lagde paa Faget.

Alt, hvad der i Undervisningen hist og her kunde findes, som refererede sig direkte til Livet og til Verden, saaledes som den er, det sank betydeligt. Og op paa Høisædet kom lange Processioner af døde Ord om døde Ting; Rægler og Ramser, der pluggedes ind i de møre Hjerner, for til evige Tider at optage Pladsen; fremmed Lyd fra et fremmed Liv; ældgammelt Støv, som samvittighedsfuldt dryssedes overalt, hvor den saftrige Ungdom viste en fugtig Plet, som kunde holde paa Støvet.

Det er en haard Tid — Abrahams og Marius's Alder — fra fjorten til femten Aar. Øinene aabne; en Spørgelyst umættelig som en Gutteappetit, kløende værre end Mæslinger; en vaagnende Evne og Vilje til at forstaa alt; en flammende Trang til at erobre Verden og det, som er bag Verden og bag derigjen, — og saa Støv! ældgammelt, extrafint Støv drysset i hver fugtig Pore, drysset over hvert spirende Spørgsmaal, drysset Over hver eneste Spire, som ikke er en Skræppespire.

Men det gaar over; allerede med sexten sytten Aar har Støvet tørret godt ind. Nysgjerrigheden er død; den Unge har lært, at det gjælder at spørges — ikke at spørge; og han begynder desuden at forstaa dette med Skræppeskoven; han aner dunkelt, at den er til for hans Skyld, at han har den Lykke at være en af Samfundets privilegerede Snegle. —

— Lille Marius i Regnkappe en sur Vintermorgen, Søndenvind og Slud, før Klokken otte, halvmørkt, koldt og vaadt — det var ikke videre lysteligt at perse sig om Hjørnet mod en susende Storm, blive vaad paa Fødderne og fugtig til-knæs.

Alligevel tænkte han mest paa at bevare sit dyrebare Læs Bøger mod Regnet; han havde dem under sin Oliekappe, saa han lignede de Kjør, der bære Maven paa den ene Side.

I Klassen var der mørkt og morgenkoldt. Morten Bagstræver laa og proppede Ved i Ovnen; de andre stod omkring og varmede sig, — vaade og kolde var de alle.

Men det var en Lørdagmorgen; og hvor sur den end er, saa har den dog en festivitas, som hverken Regn eller Kulde ganske kan dræbe.

Marius tørkede først sine Bøger dernæst sig selv, saa godt det lod sig gjøre med det blaa Rottetørklæde.

Abraham Løvdahl hærmede efter Rektor, idet han forelæste udvalgte Paragrafer af Skolens „Forholdsregler", som hang paa Væggen opklæbet paa Pap med lysegrøn Kant om.

„Paragraf Fire," læste Abraham og lod somom han puttede sin Næse fuld af Snus, „Disciplene maa altid fremmøde i Skolen rene og ordentlige. Overtøi, Hue o. s. v. maa de anbringe paa de dertil bestemte Indretninger, med Iagttagelse af Orden og Forsigtighed samt atter medtage Saadant, — Saadant — med stort Bogstav — hvad er det?" raabte Abraham.

„Indretninger," foreslog Morten.

En anden paastod, at det gik paa Orden og Forsigtighed, og derom reiste der sig en grammatikalsk Disput.

Lille Marius var ikke med; for han sad og mumlede Konjugationer med Næsen dybt nede i Curtius, der var næsten mørkt paa hans Fuxeplads i Krogen.

Timetabellen for Lørdag var:

        8 til   9 — Græsk.

23

9 - 10 — Historie.
10 - 11 — Norsk Stil.
11 - 12 — Arithmetik.
12 - 1 — Latin.
 1 - 2 — Latin.

De sad til to om Lørdagen, ellers slap de Klokken et.

Omsider kom gamle Overlærer Bessesen puslende med Galoscher, Regnkappe, Paraply, Handsker og Pulsvanter. Hans Indtræden i Klassen gjorde ikke det mindste Indtryk. Abraham sagde bare ganske rolig: „Se saa! — der har vi det gamle Pindsvin," og Morten vedblev at stelle med Ovnen.

Først da Overlæreren havde pillet af sig og var kommen op paa Kathederet, gjorde de unge Herrer Mine til at gaa paa Plads, og Undervisningen begyndte.

„Vil du begynde — Abraham Løvdahl," sagde Pindsvinet, efter at have undersøgt sin Lommebog, hvori han indførte Karaktererne.

„Jeg havde saa ondt i Hovedet igaar, saa jeg fik ikke læst Græsken," svarede Abraham bedrøvet, men freidigt og oprigtigt.

Marius gjorde store Øine.

Den Gamle smilte og virrede lidt med Hovedet og fandt saa en anden, som han kunde examinere.

Overlærer Bessesen havde troligt drysset Støv i mange Aar og holdt sit 25 Aars Jubilæum for længe siden. Hans Omraade var ikke stort; men der var han sikker som Laas.

Af Græsk vidste han paa en Prik, hvad der fordres til artium; han kunde paa Forhaand sige, hvilke Spørgsmaal der vilde blive Examinanden forelagt ved hvert enkelt Stykke af de lovbefalede Forfattere.

Og dette fik han langsomt, men nogenlunde sikkert bibragt de bedste af sine Elever; de andre var det ikke saa farligt med, da de ikke bleve dimitterede fra Skolen.

Han sad saa liden og indskrumpet, at han næsten blev borte i sin egen Frak; Hagen sank helt ned i Bogen, og det tætklippede rødgule Haar strittede ud til alle Kanter, medens han kun sjeldent løftede de rødkantede Øine udover Kathederet.

Thi han var en fredelig Lærer. Om nogen sad med Oversættelsen ved Siden og læste op af den, eller om der hviskedes og fuskedes over en lav Sko, han hverken saa eller hørte. Et langt Livs Erfaring havde lært ham, at det ikke lønner Umagen at rode op i saadant; og det gik desuden saa meget bekvemmere, naar de daarlige fik lidt Hjælp.

Han var imidlertid slet ikke sløv; den mindste Feil eller Usikkerhed ramte hans Øre; han fór op, somom han havde stukket sig, naar nogen tog feil af imperfektum og aoristus; men forresten kunde der være alskens Liv og Lyd i Klassen, naar det ikke blev altfor galt.

Saaledes førte han de Titusindes Tog en liden Parasange hver Dag, og alle de unge Mennesker, som i Aareres Løb havde fulgt ham som Anfører, vare alle komne med den samme Regelmæssighed, i de samme smaa Dagmarscher gjennem Xenophon, Homer, Sofokles, Herodot og Plutarch; det gik alt paa den samme Maade uden Forandring eller Omskiftelse; saavel i Vers som i Prosa var der denne høivigtige Forskjel mellem imperfektum og aoristus; og hændte det, at den, som oversatte, kom til at le af en morsom Anekdote hos Herodot, da saa Pindsvinet forbauset op: det kunde han ikke forstaa.

Derfor gik den graa Morgentime jævnt og fredeligt. De, som ikke ønskede at lade sig høre, havde eller havde havt ondt i Hovedet; og saa maatte Pindsvinet finde en anden, som var beredt til at tage sin Tørn og sad færdig med Oversættelsen paa den ene Side, Gloser og Anmærkninger paa den anden.

Klokken ni pillede Pindsvinet alle sine Sager sammen igjen og vandrede afsted til den næste Klasse.

Ogsaa Historietimen fra ni til ti gik fredeligt. Det var Adjunkt Borring med hans Fjærpenne; og da Klassen nu bestod af bare Latinere, — Tolleiv og Reinert vare tilsøs, andre vare forsvundne — saa hjalp man sig selv og hinanden med Fusk.

Forat Marius skulde kunne sin Historie, maatte han absolut „sættes paa"; men det passede ikke altid med Adjunktens Methode. Idag spurgte han for Exempel: „Hvad Tid vendte Lykken sig?" — og derpaa tog han fat paa sine Fjærpenne; lidt efter sagde han: „nu! hvad Tid vendte Lykken sig?" — blaaste i en Pen og skar videre.

Marius kunde hele Ramsen om Karl den 12te; men han vidste ikke, at Lykken vendte sig i 1708. Abraham maatte hviske det nedover til ham.

Derved kom lille Marius til alt Held ind i Ramsen: „Men i Aaret 1708 vendte Lykken sig," og saa gik det glat.

Nu havde endelig Morten Bagstræver faaet Ovnen rød, og der var saa varmt, at de maatte aabne alle Vinduerne i Frikvarteret.

25

„Hvem har lagt i Ovnen?" spurgte Rektor ogsaa strax, da han kom i Klassen med Stilebøgerne under Armen.

Intet Svar; men da han spurgte igjen i en strængere Tone, svarede Duxen:

„Jeg tror, det var Morten Kruse."

„Saa det var dig — Morten! saa du indlader dig paa sligt? Kom frem og find mig den Paragraf i Forholdsreglerne, hvor det staar, at Disciplene selv skulle varetage Skolens Opvarmning."

Morten stillede sin tvære Krop foran Forholdsreglerne og gloede op.

„Nu lille Morten! — finder du ikke snart den Paragraf? eller vil du, at jeg skal hjælpe dig?" spurgte Rektor og trak ham i Øret med den ene Haand, medens han pegte med den anden, „kan du se Paragraf fem! — læs den — høit og tydeligt!"

„Paragraf fem," begyndte Morten med grovt Mæle, „i Skoleværelserne maa Disciplene s t r a x begive sig til sin Plads og aldrig foraarsage nogen Støi eller Uorden. Han forlader heller a l d r i g sin Plads uden efter udtrykkelig Tilladelse."

„Naa — lille Morten! ser du nu, hvorledes Discipelen har at forholde sig i Klassen — hvad? synes du, der stod noget om at pakke Ovnen fuld — hvad? synes du det — hvad?"

For hvert Spørgsmaal trak han stærkere opover i Øret, indtil Morten stod paa Tæerne, for at følge med.

Hele Klassen lo, og Morten luskede paa Plads.

Imidlertid havde Duxen fordelt Stilebøgerne, efter at have kiget i alle, for at se Karakteren.

Marius havde faaet 4½, hvilket var lidt værre end sædvanligt, og det var igrunden en liden Skuffelse; han havde ligt Opgaven saa godt, fordi den var saa lang, at den næsten kunde blive til ¼ Side, naar man skrev den stort; og han havde altid saa vanskeligt for at faa sine Stile lange nok.

Opgaven lød saaledes: Sammenligning mellem Norge og Danmark med Hensyn til Landenes naturlige Beskaffenhed og Folkenes Karakter og Erhverv.

Rektor begyndte nedenfra: „Du skriver slette Stile — Marius! hvad er det nu for et Sammensurium, du har leveret idag! hør nu selv: Naar man sammenligner Norge med Danmark, saa ser man en stor Forskjel mellem disse Lande. Norge er et Bjergland, Danmark derimod et Sletteland. Norge har, da det er et Bjergland, Bjergværksdrift, hvilket Danmark ikke har, fordi der ikke findes Bjerge. Tillige har et Bjergland næsten altid Dale — ak ja! kjære lille Marius! det er saa sandt, saa sandt!

men tror du, det er nødvendigt at fortælle os det? — det er saa umodent — saa sørgeligt umodent —" gjentog Rektor bekymret og gik op og ned en Stund i Tanker. Marius forstod godt, at han tænkte paa Opflytningen til Sommeren.

„Men Gud forbarme sig — hvilken Varme — pyh!" raabte Rektor og gav Morten en Dask i Hovedet, da han gik forbi ham.

Derpaa tog han igjen fat paa Marius's Stil: „Norge nyder et godt Forsvar i sine Fjelde; og skulde der udbryde Krig, saa er Kjølen ikke saa god at komme over med Kanoner, helst om Vinteren. — — Det er da svært, hvor du er krigersk — lille Marius! hvem skulde ville gaa over Kjølen med Kanoner? Svenskerne ere jo vore Brødre og gode Venner. Nei — da er det bedre, hvad en anden har skrevet, at nu kunde man hellere ønske Kjølen borte, saa at Broderfolkene ret kunde blande sig, — hvem er det, som har det?"

„Det er mig," svarede Duxen beskedent.

„Ganske rigtigt! — det er dig Broch, ja det er meget godt. Marius derimod ser alt fra et krigersk Standpunkt; hør nu videre: Naar man sammenligner Folkene, saa finder man, at Danskerne ere mere blødagtige end Nordmændene. Ja — hvad er nu dette for noget?" raabte Rektor ærgerlig og kløede sig i Haaret, han blev hedere og hedere, der var vist opimod 30 Grader snart, „her er flere i Klassen, som har dette om Danskernes Blødagtighed; hvad skal det være til? det er bra nok at elske sit Fædreland; men Patriotismen bliver en stor Feil, naar den gaar over til nationalt Hovmod, saa man ser ned paa andre Nationer og kun roser sin egen. Specielt er det latterligt for et lidet fattigt Folk som vort, der sandelig ikke har stort at rose sig af."

Brochs udmærkede Stil kom ikke til at blive læst op; thi Varmen blev tilslut saa gal, at Rektor i Fortvivlelse gav Ordre til at aabne Vinduer og Døre, og da der saa opstod en Stormtræk gjennem Værelset, sendte han alle ud i Gaarden; alene Morten Kruse skulde sidde inde til Straf.

Det regnede ikke længer; men Vinden var kold, og der var sølet i Gaarden, saa de havde ikke stor Glæde af det lange Frikvarter. Marius gik og gruede for Arithmetiken: thi efter alle menneskelige Beregninger skulde han høres idag.

Abraham havde hjulpet ham, og lille Marius havde sagt, han forstod. Han havde virkelig havt en Smule Greie paa noget af det. Men han var næsten vis paa, at naar han stod foran den sorte Tavle, saa kunde han ikke $½ × ½$.

Overlærer Abel kom svinsende ind, og Vinduerne bleve lukkede. Han bar sin nye Regnkappe paa Armen og nynnede, hvilket var et sikkert

27

Tegn paa, at han var i godt Humør. Det trøstede imidlertid ikke Marius saa meget; thi naar Overlæreren var paa godt Lag, var han saa fæl til at gjøre Nar.

Overlærer Abel var Ungkarl og Lapsen blandt Lærerne. Det var hans Stolthed at overraske sine luvslidte, gulflippede Kollegaer med nye og originale Klædningsstykker — snart et rødprikket Halstørklæde eller et Par lyse Buxer; nufortiden var det en hvid Regnkappe af Guttaperka.

Alle havde knebet i den og lugtet paa den; alle havde spurgt om Prisen, og alle havde faaet vide den.

Som Lærer var hans Princip dette: „Menneskene kunne inddeles i to Slags: de, som kan lære Mathematik, og de, som slet ikke kan. Og jeg paatager mig i Løbet af en Maaned at afgjøre, om en Gut kan lære Mathematik eller ikke."

Ud fra denne Theori drev han de dygtige meget vidt frem; Resten lod han med god Samvittighed ligge.

Overlæreren slog Støv af Kathederet med sit Silketørklæde, før han tog Plads; Marius sad og skjalv i Stilheden, mens han saa efter i Lommebogen.

Men Broch blev raabt frem. Marius kunde næppe tro paa sin Lykke; det saa ud, somom Abel vilde begynde ovenfra, saa kunde han kanske slippe idag ogsaa.

De var nylig begyndt paa Ligninger af første Grad med en Ubekjendt, og lille Marius havde taalmodig fulgt med gjennem mangfoldige Exempler, for at finde dette x.

Han havde hørt dem sige, at nu var det fundet og seet dem stryge ud af Tavlen, — ja hvad mere var, han havde endogsaa selv alle Exemplerne opskrevne i sin Bog, og dog forblev denne ene Ubekjendte ham lige fjern og fremmed.

Han holdt Øie med dette x; han skrev troligt op, hvorledes det blev jaget som en Ræv fra Linie til Linie med Multiplikationer, Forkortninger, Brøker og al Verdens Djævelskab efter sig, indtil det arme udmattede Dyr endelig blev drevet alene over til venstre Side, og saa viste det sig, at dette frygtelige x var ikke andet end et ganske fredeligt Tal — for Exempel 28.

Marius kunde omsider tilnød forstaa, at x kunde have forskjellig Værdi i de forskjellige Exempler. Men hvad man saa skulde med dette x? hvortil alle disse Omsvøb — hvorfor jage Tavlen ned over Stok og Sten efter denne ene Ubekjendte, naar det ikke var andet end for Exempel 28 — kanske bare 15? — nei det kunde lille Marius virkelig ikke begribe.

Alligevel tog han sin Exempelbog og skrev meget omhyggeligt op det

Stykke, som Broch fik at regne:

„Pythagoras blev adspurgt, hvor mange Disciple han havde. Den vise Mand svarede: „Halvdelen studerer Filosofi, Trediedelen Mathematik, og de øvrige, som øve sig i at tie stille, udgjøre tilligemed de 3, jeg fik forleden, Fjerdeparten af dem, jeg havde tilforn."
Hvor mange Disciple havde Pythagoras, før han fik de 3 sidste?".

Ja det er saamænd ikke godt at vide, tænkte lille Marius glad, fordi han sad trygt paa sin Plads. Og medens Broch henne ved Tavlen strax begyndte at tumle med ½ x og ⅓ x, fordybede Marius sig i Betragtninger over det indviklede Spørgsmaal.

Især svimlede det for ham, naar han læste: „tilforn"; thi da blev det dog den vildeste Umulighed at svare paa. Dernæst gik hans Tanker medlidende til den arme Trediedel, som studerede Mathematik, og han blev enig med sig selv om, at han ubetinget vilde foretrukket at være blandt „de øvrige, som øve sig i at tie stille".

Han vaktes ved at blive raabt frem.

Enten havde Overlæreren mærket, at han sad i Tanker, eller ogsaa var han i sin Noticebog bleven opmærksom paa, at det var længe siden, Gottwald var examineret. Han lod Broch gaa midt i Regningen, — det var desuden altfor let for ham, — og da Marius halvt sanseløs kom frem foran Tavlen, stod der et Par Rækker med Tal og Xer, som han ikke forstod et Gran af; kun foresvævede det ham dunkelt, da han saa, der stod ⅓ at dette vist maatte være en Hentydning til hin ulyksalige Trediedel, der studerede Mathematik.

„Nunc — parvulus Madvigius! qvid tibi videtur de matrimonio?" raabte Abel og svingede sin Lorgnet, „det er vel en smal Sag for dig at løse dette lille Spørgsmaal? du kjender jo Pythagoras, — ikke sandt? Madvigius! Pythagoras, qvi dixit, se meminisse, gallum fuisse. Værsaagod — Hr. Professor! fortsæt — gener Dem ikke. Ja for du ser vel, at Stykket er næsten færdigt? Broch sagde jo, hvorledes det skulde gjøres, før han gik. Eller kanske Professoren har andet at bestille end at høre efter? — lille Gottwald skulde tænke paa at blive opflyttet til Sommeren og ikke gjøre sin Moder Sorg."

Marius stod med Ansigtet mod den store, sorte Tavle, som hang paa Stativ midt paa Gulvet, og han følte hele Klassens Spot og Latter stikke sig i Ryggen. Men da Moderen blev nævnt, kjendte han de varme Taarer stige til Øinene, Kridtstregerne fløid udover og han opgav alt.

Hele Klassen — det vil sige de, som kunde lære Mathematik — morede sig kosteligt; Overlæreren var uimodstaaeligt vittig, naar han examinerede de „Umælende", — det var hans Navn for dem, der ikke kunde lære Mathematik.

Alene Abraham sad og ærgrede sig, baade forbi det gik ud over hans Ven; men ligesaameget over, at Marius var saadan en Klodrian; undertiden maatte han le med.

„Vi faar nok finde ham en Hjælpeprofessor," sagde Abel og satte Lorgnetten paa, „du Morten med Tilnavnet! gak hen og bistaa din Broder udi Aanden."

Morten reiste sig tvært; der var en stille Gjenstridighed i ham, som dog aldrig blev til andet end Mumlen og sure Miner; han var ikke bedre end Marius, og baade den lille og den store saa lige dumme ud som de stod der og gloede op paa Tavlen.

Men der gik dog et lidet Glimt igjennem Morten; han greb i Kridtkassen, for at skrive noget og glemte, at han allerede havde et langt Kridtstykke i Haanden.

„Ja det er rigtigt — Morten!" — raabte Overlæreren, som lagde Mærke til det, „Kridt maa der s'gu til, hvis det skal blive til noget. Vil du ikke tage Kridtkassen under Armen, Svampen i Lommen og Linealen mellem Benene, saa er du fuldt udrustet. Ach — Maarten — Maarten! du est dumb, och du fordumbes dagligen."

Glimtet var slukt i Morten, han stod og bandte, saa Marius kunde høre det. Klassen morede sig og Duxen laa flad af Latter, og saa beundrende op til Kathederet.

„Nu faar vi nok stille das letzte Aufgebot," mente Overlæreren og kaldte frem tre fire andre af de Umælende, som ikke kunde lære Mathematik.

Ved forenede Anstrængelser fik de endelig løst Spørgsmaalet om Pythagoras's Disciple tilfom: og Marius, som var skubbet helt tilside, maatte frem og læse hele Stykket op igjen og forklare, at denne Gang var x = 72.

„Se saa!" raabte Abel oprømt, „nu ville vi operere med Masserne ligesom Napoleon. Her har vi Kjærnetropperne forsamlede, — isandhed en stolt Skare. Det er akkurat som paa Komedien hos Cortes, naar Jørgen Tambur og de to Stævnevidner skal forestille Blomsten af Frankriges Adel. Godmorgen I tyve Gjæs —"

„Vi er ikke Gjæs," — knurrede Morten.

„Godmorgen I tyve Gjæs — sagde Ræven. Vi ere ikke tyve, men vare vi ligesaamange til som vi er og endnu en halv Gang saamange og en og en halv Gaas og en Gasse, da vare vi 20. Hvormange Gjæs var der da? — O Maarten!"

Men hverken Morten eller nogen af de Umælende gjorde Mine til at give sig ikast med Gjæssene, og da Overlærer Abel fandt, at denne Komedie havde varet længe nok, raabte han:

„Gaa hjem og læg Jer og istemmer den gamle Sang: Nu hvil dig — Borger! det er fortjent. I skulle allesammen broderligen uden Persons Anseelse erholde hver sit Sextal; og dersom I ønske at høre min Dom om Eders Fremtid herneden, saa er den, at jeg ikke tror, I kunne finde anden Anvendelse i Livet end den at udruge Æg; ja — du Morten med Tilnavnet kan muligens drive det til at blive Klokkerdrengs-Drengs-Dreng. Abraham Løvdahl — kom frem!"

Da Marius var kommen tilbage paa sin Plads, saa han, hvorledes Abraham i en Fart skrev Gaasespørgsmaalet op: $2x + \frac{1}{2}x + 2\frac{1}{2} = 20$; men han var for træt til at undre sig, for nedslaaet ved en ny 6'er, som han vidste vilde gjøre hans Opflytning endnu uvissere; men især altfor mismodig ved Tanken om den lille Rynke ved Moderens Mund, naar hun igjen saa et Sextal i Karakterbogen.

Klokken var tolv, og den gamle Kone, som solgte Kringler og Sirupsbrød til Latinerne, stod allerede ved Trappen.

4de Latinklasse i Frakke spaserede op og ned paa sin bestemte Linie; 3die Latin endnu i Trøie stod i Grupper og spiste; mens de lykkelige smaa, som slap Klokken 12, styrtede ud med Lørdagsfart.

Det klarnede op i Luften; Vinden trak sig paa Vest; det kunde godt hænde, at den gik helt paa Nord til Natten, saa blev der Frost, og saa kunde Isen paa Vandet kanske alligevel være brugendes imorgen.

Lille Marius stod for sig selv og spiste sit Sirupsbrød uden at ænse, at Stinkdyrene, som løb forbi ham, kaldte ham baade for Rottekonge og andet; han kjendte sig ganske tom og hul i Hovedet, og endda var der to hele Timer igjen.

Vistnok var det Latin, som han var mindre ræd for: men den sidste Mathematiktime havde taget paa ham.

Det var anderledes med den tykke Morten og de andre Umælende, de brød sig Pokker om Overlærer Abels Spot. Men lille Marius havde faaet et fint Øre for Haan; stundom havde han hørt sine Fiender blande Moderen ind i Fornærmelser, han ikke forstod; men som alligevel fik hans Blod til at koge. —

„Hvad er det for et Svinebæst, som har lagt i Ovnen, hva?" — begyndte Adjunkt Aalbom, saa snart han kom i Klassen; det var slet ikke varmt længer; men han havde talt med Rektor; „det er vel du — Kruse! dit tykke Æsel — hva? — Puh! Hvor begynder vi i Dag? Vers 122 — qvas deas — læs op — Gottwald! — høit! aa Visvas! — er det at læse høit? qvas deas per terras! — luk op Kjæften paa dig — hva? — disse træge

31

Vestlændinger kan ikke engang faa Tænderne fra hinanden; — sid ikke der og snøvl som en Muldvarp, dit Drog — der du er — hva!"

Det var nu hans Maade at begynde Undervisningen paa: helst i de sidste Timer, naar han selv var nervøs og gnaven, efter at have skjældt og smældt fra Klokken otte om Morgenen.

Klassen bøiede sig under Uveiret, skjønt de var jo vant til det; men lille Marius fortsatte skjælvende sin Oplæsning og fik en Masse Skjænd, fordi han ikke skreg høit nok.

Det var uheldigt for Marius, at Rektor havde læst Latin i de to foregaaende Aarsklasser; for nu vilde aldrig Aalbom indrømme, at Rektor havde bragt den lille Gottwald saa overordentlig vidt; men paa den anden Side var han ængstelig for, at Rektor skulde ville paastaa, at hans Yndling var gaaet tilbage, siden han kom under Aalbom.

Derfor fordrede han alt af Marius, men havde aldrig nogen Ros for ham.

Adjunkten gik op og ned i Klassen som et Rovdyr lurende paa en Feil at kaste sig over; han var ualmindeligt lang og tynd og dertil nærsynet, hvorfor hans kjære Disciple aldrig kaldte ham andet end Blindtarmen.

Marius anstrængte sig og kom igjennem; men da han var færdig, var han ogsaa saa udtømt, at han næsten sov.

Timen gik med Skjænd og Spektakel, og saa var der da bare en igjen. Den sidste Time blev anvendt til latinsk Stil. Aalbom gav dem et Stykke i Henrichsens Opgaver og satte sig paa Kathederkrakken, for at dingle med Benene og glo ud i Luften.

Der var ikke meget tilovers i nogen af dem til at brygge en latinsk Stil paa; de fleste skrev hen i Veir og Vind og Marius ogsaa, saa det blev nok en vakker Stil.

Men saa var da endelig Skolen forbi, og selv de blegfinnede Latinere var lidt livligere idag, da de gik ud af Gaarden, fordi det var Lørdag.

Sild, sød Suppe og Pandekager — ingenting kunde smage bedre; thi det var Lørdagsmad for hele Byen.

Det klarnede virkelig op og blev en klar Frostaften med Maaneskin, saa at 4de Latin spaserede med de halvvoxne Smaapiger, mens yngre Kammerater gik i Flok og sang og skubbede hverandre ind paa de elskende, naar de gik forbi.

Men Abraham og Marius vandrede Arm i Arm og foragtede alt; af og til stansede Abraham og løftede sin knyttede Næve mod Provsten Sparres fredelige Bolig, hvor han vidste, at Telegrafisten besøgte hans fordums.

Om Aftenen var Marius buden til Abraham; Professorens vare i

Selskab. De havde alle Stuerne til sin Raadighed, og tilaftens fik de varm
Pølse og Ølost.

Og ingenting til imorgen! ingenting at læse; sove som en fri Mand til
Klokken ti!

— Og alligevel laa en og anden Søndag Morgen og pintes i Halvsøvne:
nu maatte han snart op og trave paa Skolen, koldt i Sovekammeret,
halvmørkt, en Masse Bøger, ingenting kunde han. Op fór han endelig;
— og saa var det jo Søndag! — bardus under Tæppet igjen! — kan nogen
glemme, hvor det var deiligt? —

IV.

Der havde længe været Tale om en Fabrik, som skulde anlægges i
Nærheden af Byen. Det hed sig, at det var en Filial af en stor engelsk
Forretning i kunstige Gjødningsstoffer. Men man vilde ogsaa gjerne
have den indenbys Kapital med; og da der i Byen ikke var stort Skjøn
paa disse Sager, kom der en kyndig Mand, som skulde snakke med
Folk, forklare hvad man kunde vente at tjene, kjøbe det beleilige Sted,
som alt var udseet; og i den Anledning var der Selskab hos Abrahams
Forældre.

Den Fremmede, hvis Navn var Michal Mordtmann, var ligesom de
fleste Fremmede anbefalet til Professor Løvdahl.

Men forresten kjendte Professoren ham en Smule fra Universitetet.
Mordtmann havde i sin Tid begyndt at studere Medicin. Men halvt
tilfældigvis kom han over til England, hvor han gjennem sin Faders
Forbindelser gjorde Bekjendtskab med en Familie, der eiede betydelige
chemiske Fabriker.

Ganske uformodet fik han Tilbud om en god Post derover, han fik Lyst
til at prøve og blev flere Aar i England.

Efterpaa kom han underveir med, at denne Forandring i hans Livsplan
nok ikke havde været saa tilfældig, som han selv havde ment.

Hans Far — Isac Mordtmann & Co. i Bergen drev en stor
Spekulationsforretning og havde en betydelig Omsætning; men, hvad
der var af fast Formue, vidste ingen.

Det var en livlig, foretagsom Handelsmand, som ingenlunde var glad
over, at hans eneste Søn absolut vilde blive Doktor. Men Isac
Mordtmann & Co. havde lært at se Tiden an og passe det beleilige
Øieblik. Saaledes lod han i al Mindelighed Sønnen faa sin Vilje, indtil
han selv fik denne Tur til England istand; Tilbudet om Posten ved den

engelske Fabrik kom ogsaa ved ham; og nu havde han forsaavidt seiret, som Sønnen var bleven praktisk Chemiker, en driftig Forretningsmand og ikke en stakkels Distriktslæge Fanden ivold oppe mellem Fjeldene. Meningen var nu, at Michal skulde anlægge og styre den nye Fabrik. Men Isac Mordtmann & Co. havde ikke stor Kapital at sætte i den; det engelske Firma, der i Prospectus fremstilledes som Moderhuset, holdt sig forsigtigt; derfor gjaldt det at reise den meste Kapital i selve den By, hvor det udmærket gunstige Terrain var fundet og halvt om halvt kjøbt.

Dette var altsaa Michal Mordtmanns Opgave, og han viste sig sig strax dygtig. Det stive, engelske Væsen gav ham noget solid og tilforladeligt, som gjorde, at mange fik Lyst til at sætte sine Penge i dette Foretagende, skjønt de ikke forstod et Gran deraf.

Professor Løvdahl var meget forsigtig med sine Penge. Han kjøbte gjerne udenlandske Aktier og Statspapirer i Kjøbenhavn og Hamburg; men han anbragte saa lidet af sin Kones Formue som muligt i indenbys Foretagender. Der var altformange gjensidige Forpligtelser mellem Kjøbmændene med Laan og Hjælp og Underskrifter og Kautioner, til at Professoren skulde ønske at komme opi Handelsverdenen.

Derfor gav han gjerne Afkald paa den fremskudte Stilling blandt Grossererne, som han utvivlsomt havde faaet, om hans Kones store Formue havde været anbragt i selve Byen. Han trak sine Renter og klippede i Stilhed sin Coupons; man vidste saa omtrent, hvad han havde arvet efter gamle Abraham Knorr, og at han trak sine Penge bort fra Bergen; men mange studerede paa, hvor han saa gjorde af dem.

Derfor havde ogsaa Michal Mordtmann sin Møie med Professoren. Foretagendet havde jo en Smag af Videnskabelighed — saadan henimod Chemi og Medicin; der var ialfald ingen i hele Byen, som forstod disse Analyser og alt dette fosforsure Snak undtagen Professor Løvdahl. Og saa længe han holdt sig tilbage, vilde det ikke rigtig gaa.

Imidlertid var Mordtmann en stadig Gjæst i Huset; og da han havde været i Byen en fjorten Dages Tid, gjorde Professoren et stort Selskab for ham.

Fru Løvdahl følte sig overmaade skuffet ved Mordtmann. Han var en tre-fire Aar yngre end hun; men hun kunde godt huske ham hjemme i Bergen som et livligt ungt Menneske, begeistret Maalstræver. Taler for Kvinden, for Folket og det folkelige.

Nu kom han igjen som en stiv Englænder og gik hele Dagen og talte med kjedelige Mennesker om Soda og Benmel. Hun havde næppe vexlet ti Ord med ham; og Fru Wenche fandt, at han i Forhold til sin Alder var ganske usædvanligt kjedsommelig.

Først idag var hun bleven opmærksom paa, at han dog saa godt ud med sit engelske Snit mellem alle disse Hverdagsfolk, hun kunde udenad.

Middagen havde været stiv; der var bare Herrer og for en Del saadanne Herrer, som ellers ikke kom i Huset, men hvis Bekjendtskab kunde være af Betydning for den unge Mordtmann.

Professoren havde været livlig og elskværdig, som han altid var: udbragt Hædersgjæstens Skaal, ønsket ham al mulig Fremgang med sit Foretagende og lykønsket Byen til en saa Stor og utvivlsomt indbringende Bedrift.

Men det laa alligevel i Luften, at Professoren endnu ikke havde taget en eneste Aktie i dette utvivlsomme Foretagende, som han sad og roste og drak for.

Michal Mordtmann følte det ogsaa. I sin Svartale havde han prøvet at være humoristisk over Vestlændingens Langsomhed og overdrevne Forsigtighed; men tillige sluttet med, at naar de først tog fat, saa gik det ogsaa med Damp. Det vilde han haabe i dette Tilfælde o. s. v.

Det var en Tale, som vilde være udmærket i Bergen; Fru Wenche lo ogsaa et Par Gange; men hun var næsten alene; disse forhenværende Skippere eller gamle Sildesaltere — tildels Haugianere egnede sig slet ikke for den Art af Humor og saa paa hinanden.

Michal Mordtmann kom fra Bordet i en ærgerlig Stemning; han følte, at han havde tabt Terrain.

Naar han gik omkring til disse Folk og talte med dem paa Tomandshaand i et mørkt Kontor saa stort som et Klædeskab, blev han selv alvorlig og snakkede alvorligt. Men nu da han sad ved det festlige Bord og drak Vin, var det lette bergenske Blod kommet i Bevægelse; han improviserede sin morsomme Tale; men efterpaa forstod han, at han heller skulde have talt tørt og fosforsurt, saaledes som han oprindelig havde tænkt.

Det Hus, hvori Professor Løvdahl boede, var meget stort og gammeldags med Have paa Bagsiden, skjønt det laa midt i Byen. Han havde kjøbt det af Kommunen, som i fordums Tid havde benyttet Huset som Festivitetslokale, eller naar derfor en Konge eller en Prins gjennem Landet.

Der var store og høie Værelser, hvori det passede godt — det noget gammeldagse Møblement, Fru Wenche førte med sig.

Iaften var hele Leiligheden taget i Brug — der var halvhundrede Herrer —, helt ind til Professorens Konsultationsværelse. Her begyndte Tobakken, og den fyldte efterhaanden de andre Stuer, men stansede ved Portieren til Fruens Værelse, hvor hun selv sad og skjænkede Kaffe.

35

Der var flere Kortborde, og ved Toddyen, som serveredes strax efter Kaffeen, samledes Grupper, der diskuterede Fragter og Saltpriser eller stak Hovederne sammen om den nye Fabrik.

Michal Mordtmann gik omkring og ærgrede sig; overalt syntes han at mærke, at han havde gjort en Dumhed; og da han først havde sat sig dette i Hovedet, blev det naturligvis værre end det var.

Men det gik ham i Virkeligheden meget nær. For et Par Dage siden havde han skrevet til sin Far, at han havde det bedste Haab. Skulde han nu have den Tort at maatte tilstaa, at han havde forløbet sig ved en Middag og skræmt Folk fra sig.

Under sit Ophold i England var han efterhaanden bleven Gandelsmand med Liv og Sjæl. Han lo, naar han mindedes, at han engang havde været begeistret Maalstræver, og at hans Ideal havde været at leve i, for og med Folket!

Det engelske Velvære med den evige Badning og Vaskning og det skinnende hvide Linned havde forandret hans Smag og skilt ham fra Folket. Og hvad der havde været af Liv og Begeistring i hans Blod, det havde — ligesom hos Faderen vendt sig til en livlig Spekulationslyst, en Trang til stor Virksomhed, til at komme op og faa meget at stelle med.

Og paa den anden Side havde den Omstændighed, at han allerede nu følte en saa dyb Foragt for det, han dog til sit femogtyvende Aar havde sværmet saa stærkt for, — det havde givet ham en Mistro til stærke Passioner overhovedet; havde ogsaa gjort ham kold og forsigtig blandt Kvinder, hvilket var kommet ham meget tilgode.

Til sin Fader stod han nu i et særdeles intimt Forhold; de havde sammen lagt denne Plan med Fabriken: Sønnen Bestyrer, Faderen Disponent og desuden Kommissionær for det engelske Hus; der var en hel Del Muligheder for god Avance, og i Tilfælde af Uheld, saa var det jo næsten udelukkende fremmede Penge, som strøg med.

Men naar nu disse fremmede Penge ikke vilde komme!

Michal Mordtmann slængte sin Cigar, drak et Glas Grog og gik ind i Fruens Værelse.

Kaffeen var serveret og Pigen bar just ud i Kjøkkenet Omkring Fru Wenche havde der samlet sig nogle Herrer, som ikke røg Tobak, eller som tilfældigvis vare blevne siddende i Samtale med hende. Det var fordetmeste Embedsmænd og saadanne Venner af Huset, som idag følte sig lidt tilovers i det brogede Selskab.

„Tak for Talen — Hr. Mordtmann!" raabte Fru Wenche venligt; han bukkede stivt og saa mistænksom paa hende.

Henne i en Krog i den rummelige Salon fandt han sig en Plads bag en

Etagère, hvor han gav sig til at blade i Albumer, mens Samtalen omkring Fruen kom igang igjen.

„Ja — jeg kan nu ikke give efter paa det Punkt — Hr. Rektor!" sagde Fru Wenche; „De siger, jeg maa slaa mig tilro, og haabe —"

„Nei undskyld Frue! saaledes faldt ikke Ordene. Jeg sagde, at naar Barnets Undervisning og aandelige Udvikling overlades til Mænd, som forener Sagkundskab og Erfaring med en redelig Vilje, saa bør Forældrene haabe og tro, at Barnet med Guds Hjælp er vel faren."

„Ja — men hvem borger mig for denne redelige Vilje og alt det andet?"

„Det gjør Staten; Landets Undervisningsvæsen, en omhyggelig Regjering. Tro mig — Frue! vort Undervisningsvæsen kan maale sig med et hvilketsomhelst evropæisk Lands, og staar i religiøs og sædelig Henseende utvivlsomt over de fleste."

„Ja, men naar jeg nu ser med disse mine to egne Øine, at det gaar galt — rivende, ruskende galt! hvad skal jeg saa gjøre?"

De lo allesammen godmodigt af den ivrige Frue, og hun lo med, skjønt det var hendes fulde Alvor.

„De er — hm! — De er en meget stræng Dame," sagde Rektor smilende, idet han fyldte sin rummelige Næse med Snus, „vi er just her flere Skolemænd tilstede, som jo maa føle os meget brødefulde."

„Aa — undskyld — mine Herrer! det tænkte jeg ikke paa; det ved de jo alle saa godt — ikke sandt?" — hun saa med sit freidige Smil fra den ene til den anden; „det er mit ulyksalige Bergenserblod — som Carsten siger. Naar jeg først faar en Idé, saa maa jeg snakke — snakke fuldt ud; og nu har jeg længe baaret paa en Anelse om, at det er rent galt fat med vort Skolevæsen."

Foruden Rektor var der i Stuen af Skolemænd Overlærer Abel, som satte megen Pris paa, at Folk sagde, han gjorde Kur til Fru Wenche, samt Almueskolens Bestyrer Kandidat Klausen; først senere kom Adjunkt Aalbom ind.

„Kunde ikke Fruen være saa snil at sige os, hvad det er, som er saa svært galt?"

„Alt! — alt, fra Ende til anden."

„Mener Fru Løvdahl ogsaa ved Almueskolerne?" spurgte Kandidat Klausen.

„Dem kjender jeg ikke; men jeg er sikker paa, at naar Skolen for de Velstaaendes Børn er saa slet, saa er den naturligvis endnu langt slettere for de Fattiges Børn."

Det var drøie Ord, Fru Wenche saaede ud iaften, endog drøiere end

37

hun pleiede; og Herrerne saa lidt paa hverandre. Men Rektorens godmodige og lidt poliske Smil seirede og blev den almindelige Stemning; naar alt kom til alt saa var det jo bare en Dame.

„Jeg tror nok, jeg ved en Ting ialfald, som irriterer Fruen," begyndte den gamle Rektor fint.

„Og det skulde være?"

„At De ikke med Deres smukke, energiske smaa Hænder kan faa tage et Tag med i Tingen, at De ikke kan faa rydde op blandt Lærerne og holde selve Rektor lidt i Ørene."

„Ja ja!" raabte Fru Wenche; „det er det netop! Jeg ser nok, de ler allesammen; men det er mit Alvor; det er netop dette, at jeg intet — intet kan gjøre for min Søn, naar jeg dog ser, ser tydeligt, at han ødelægges og hans Kræfter spildes."

„Naa, naa! lille Frue! saa galt ville vi haabe, det ikke er. Men har De Ret til at sige, at De aldeles intet kan gjøre for Deres Søn, om De finder, at Skolen i nogen Maade griber feil? Enhver Henvendelse — —"

„Ak — kjære Hr. Rektor! hvor kan De dog ville modsige mig i dette? De ved saamænd godt selv, at et Barn i en offentlig Skole omsluttes af tredobbelte Mure, og ve den Fader — eller endnu værre! den Moder, som vil stikke sin Haand i det Hvepsebøle."

„Da kan jeg bare fortælle Dem — Fru Løvdahl!" indskjød Kandidat Klausen, „at der gaar knapt nogen Dag, uden jeg har fire-fem Kjærringer paa Døren, som skal give Mund for et eller andet, der er vederfaret deres deilige Unger."

„Undskyld — Hr. Skolebestyrer! disse Kjærringer — som De behager at udtrykke Dem — har med Smerte født sine Børn, — hvilket jeg aldrig har hørt om nogen Skolebestyrer, og allerede af den Grund har de Ret til efter bedste Evne at holde Øie med sine Unger, som for dem ere lige saa deilige som vore for os, naar disse samme Unger ved Tvang overleveres i vildt fremmede Menneskers Hænder."

„Jo — det skulde mintro blive en nydelig Procession af Mødre, hvis man vilde høre paa alt deres Snak! — det kunde tage Livet af ti Skolebestyrere."

„Det er mig komplet ligegyldigt," svarede Fru Wenche tørt; „Mødrene har Ret og Pligt til at følge sine Børn paa Foden saa langt de kan; — og Gud give, de bare vilde det! om saa Skolebestyrerne skal dø som Fluer. Undskyld — Hr. Kandidat!"

„Men — men — men — kjære lille Fru Wenche!" raabte Rektor og strakte sin Haand bønfaldende mod hende; „det er da vel aldrig Deres Mening, at Mødre og Fædre skulle troppe op hver eneste Gang —"

„Nei vist ikke — Hr. Rektor," afbrød Fruen leende og greb venskabeligt hans Haand; „jeg mener bare, at jeg vilde ønske, der var denne Interesse for Børnene blandt os Forældre; saa vilde nok denne Interesse, om den blev stærk og levende, skaffe sig et Udtryk i en eller anden Form, hvorved vi, som dog i enhver Henseende bekoster det hele, kunde faa nogen Indflydelse, nogen Kontrol over det, som foregaar bag Skolens tykke Mure."

Prokurator Kahrs havde siddet fredeligt og fordøiet sin Benjaminsportion af Middagen; medens det morede ham at høre denne livlige Diskussion mellem saa aldeles ujuridiske Personer.

Han fandt nu, da der efterhaanden havde samlet sig mange i Fruens Værelse, at det kunde være paatide, om der bragtes lidt Methode og Logik ind i Samtalen.

„Der var en Ytring i Fruens sidste Replik, som foranlediger mig til et Spørgsmaal!" saaledes begyndte han med humoristisk Alvor i sit rødblanke Ansigt, — det var jo bare en Dame; „mente De ikke — høistærede Frue! at Forældrenes Interesse for Børnene burde finde et Udtryk i en faktisk udøvet Indflydelse paa Skolens Gjerning og Arbeide?"

„Jo — netop saa!"

„En Repræsentation — eller noget lignende — af Forældrenes Interesse —"

„Ja — noget saadant vilde jeg have —"

„Men — men, undskyld Frue!" sagde nu Kahrs og lod, somom han var helt forlegen; „men — men det har vi jo."

„Saa? — det ved jeg ikke noget om," svarede Fru Wenche og blev rød; det hændte en og anden Gang i Samtaler som denne, at hun løb Hovedet mod noget, hun ingen Anelse havde om.

„Det forundrer mig Frue! — da De dog ellers synes at være saa inde i disse Ting, — eller ialfald nære en saa varm Interesse for disse Spørgsmaal. Vi har jo nemlig netop et Udtryk for dette, at i Statens Skoler bør ogsaa Forældrene være repræsenterede, det har vi jo — som bekjendt — i Ephoratet, — Skolens Ephorat."

„Ephorat?" spurgte Fru Wenche usikkert.

Men før Kahrs eller nogen anden kunde forfølge Seieren, spurgte en tør, klar Stemme:

„Undskyld! — men har nogen af mine Herrer nogensinde seet en levende Ephor?"

Alles øine vendte sig mod Michal Mordtmann, som stod korrekt og

39

behagelig henne ved Etagèren; men da hans og Fru Wenches Øine mødtes, brast hun ud i sin lystige Latter.

„Tak! — Hr. Mordtmann! tusind Tak for Hjælpen! — ja nu spørger jeg rigtig ogsaa: hvad er en Ephor for noget? — hvem er Ephorer her ved Skolen?"

„Men Frue!" raabte Rektoren ganske betuttet, „ved De virkelig ikke, at Professor Løvdahl er en af Skolens Ephorer?"

„Carsten! — min Mand! — nei det er altfor glimrende. Aa De — Hr. Abel! —vil De ikke raabe paa min Mand, jeg maa se ham som Ephor."

Hr. Overlærer Abel fløi som en Visk ud gjennem Portieren og kom igjen med Professoren, der havde Kort i Haanden.

„Hvad er det for Løier Wenche?" spurgte han oprømt.

„Guddommelige Løier! — de siger, du er Ephor — Carsten!"

„Ja vist er jeg Ephor —"

„At du er et Udtryk for Forældrenes Interesse for Børnene iSkolen —"

„Ja — har du ikke seet mig ved Examensfester sidde forrest paa høirygget Stol ved Siden af Byfogden?" sagde Professoren uforsigtigt; „men nu maa du lade mig gaa; jeg har Haanden fuld af Trumf."

De andre Herrer tænkte som saa, at hvis Professoren havde været inde i Samtalen, vilde han have svaret anderledes. Men Fru Wenche var med en Gang bleven alvorlig:

„Ja se nu, hvorledes vi har det! havde jeg ikke i rette Øieblik faaet druknet dette store Ord i den Latter, det fortjener, vilde jeg kanske som saa mange indbildt mig, at ogsaa paa dette Punkt er alt saa godt og viseligt indrettet fra oven af, at vi Smaafolk og Fruentimmer bare kan holde vor Mund og lade alt gaa sin Gang. Men nu skal da ingen længer — Tak for Hjælpen endnu engang — Hr. Mordtmann! nu skal heller ingen længer dupere mig med disse store Ord. Naar Carsten er Ephor, saa ved jeg, at det med Ephoratet er ikke andet end et Led i den Kjæde af administrativt Spilfægteri, hvorunder vi kvæles og fordummes allesammen."

„Saa sagte — saa sagte — gode Frue!" begyndte Rektor igjen; „der maa dog være en Administration! vi kan saamænd ikke allesammen styre."

„Det forlanger jeg hellerikke; men i enhver Sag bør de raade, som bære det faktiske Ansvar; og i Sagen: Børnebehandling har de Ansvaret, som har tilladt sig at sætte Børn i Verden. Men istedetfor en til Ansvaret virkelig svarende Delagtighed i Skolens Gjerning har vi saa dette Spilfægteri med et Ephorat, som bestaar i at sidde paa en høirygget Stol ved Siden af Byfogden. Og det passer — ja hvor passer det ikke til det hele Stel hos os! Ansvaret trilles saa længe op og ned mellem store Ord og klingende Titler, indtil det ikke er muligt at finde det igjen med Lys og Lygte. Men selve Ansvarsløsheden bygger sig en tryg Pyramide, der løber ud i en Spids, som er i den Grad ansvarsløs, at den er hellig!"

„Koldt Vand i Blodet — bedste Frue!" raabte Prokurator Kahrs; de lo endnu — det var jo bare en Dame. Men saadanne Ord burde alligevel ikke falde i en saa høitstillet Mands Hus.

Fru Wenche tænkte slet ikke paa det; hun var vant til at tale frit i sin Stue; og hendes Mand havde aldrig drevet det videre end til at formilde og glatte over — det bedste han kunde.

Michal Mordtmann havde hørt en Stund paa Fruens Tale, og efterhvert fik han en ubetvingelig Lyst til at være med. Sær og modfalden som han var, fordi Kjøbmanden i ham havde lidt Nederlag, følte han en Trang til at slippe Maalmanden løs — den gamle Frihedsmand, og for en Stund kaste den engelske Tvang; selve Affairen var vist forspildt alligevel.

Han traadte lidt nærmere og begyndte i sit smukke, afslebne Sprog og med en Ro, som var i høi Grad irriterende for de andre — især for Adjunkt Aalbom:

„Ogsaa mig har det bestandigt forekommet som noget galt — ja, igrunden oprørende dette, at netop Skolen og alt, hvad dertil hører, skal være som en lukket Arena, hvor kun den mest udsøgte Lærdom og Sagkundskab faar Lov til at tumle sig; medens der ikke er levnet Fædrene og Mødrene, som dog leveret de dyreste Indsatser i dette Spil, dem er der ikke levnet andet end en beskeden Tilskuerplads udenfor, fra hvilken det er dem tilladt at iagttage det filologiske Støv, som ophvirvles under Kampen."

„Bravo — Bravo!" raabte Fru Wenche henrykt og rakte ham begge sine Hænder; „hvem skulde ventet det af Dem? — Hr. Mordtmann! jeg troede oprigtig talt, — nuvel! — det kan være det samme, hvad jeg troede; det glæder mig, at jeg tog feil. Men kom herhen; vi to maa slutte os sammen; de ser, Fienden staar tæt omkring os."

I Virkeligheden var der kommet en hel Del Herrer ind, saa at der ikke blot var en Gruppe omkring Fru Wenche! men der blev efterhaanden næsten fuldt i Stuen; og flere af de mindre Kjøbmænd — Folk, som ikke var vant til at komme i store Selskaber, listede sig ind og tog Plads langs Væggene. Den ivrige Samtale interesserede dem langt mere end Kortspil, hvilket for mange af dem var en ren Vederstyggelighed at se paa.

„Men naar De nu ikke er tilfreds med den Maade, hvorpaa Tingene for Tiden ere ordnede;" Prokurator Kahrs henvendte sig udelukkende til

41

Fruen uden at ænse Mordtmann, men alligevel i en formellere Tone end før; det blev jo ganske anderledes nu, naar en Mand — en akademisk dannet Mand vilde være med paa saadanne yderliggaaende Anskuelser; „naar De er saa misfomøiet — Frue! for Exempel med det stakkels Ephorat, vil De saa ikke forklare os den praktiske Maade, hvorpaa De havde tænkt Dem at gjøre Forældrene delagtige i Skolearbeidet?"

„Jo — med Fornøielse," svarede Fru Wenche freidigt; „først vilde jeg, at alle Fædre og Mødre, hvis Børn gik i samme Skole, skulde holde et stort Møde, for at udvælge —"

„Undskyld Frue! at jeg afbryder Dem," sagde Mordtmann urolig; „men da De selv var saa venlig at foreslaa et Forbund mellem os, maa jeg som Deres Forbundne paa det bestemteste fraraade, at De giver praktiske Regler for Gjennemførelsen af vor Reform."

„Og hvorfor maa Fruen ikke det? — hvis det maa være mig tilladt at spørge;" Prokurator Kahrs vendte sig for første Gang lige imod Mordtmann.

„Fordi den, som ønsker en gjennemgribende Reform, skal vogte sig for at begynde med de praktiske Forslag. Thi blandt den store Mængde, som altid vil modsætte sig en hvilkensomhelst Reform, vil der nok findes en eller anden, som kan tage det praktiske Forslag og vrænge det om til Latter og Karikatur, og saa mener man at have bevist den hele Reforms Utidighed."

„De siger: mener at have bevist," raabte Prokuratoren overlegen; „men jeg tillader mig ogsaa at formene, at en Reforms Utidighed er fuldkommen tilstrækkeligt bevist, naar dens praktiske Uigjennemførlighed er in confesso."

„Ja naturligvis! Theorien kan være meget skjøn — hva! men hold Dem til Praxis! — til Praxis — unge Mand!" Det var Blindtarmen, som endelig brød løs; han var som altid rasende opbragt, naar han hørte noget, der smagte af Opposition.

Michal Mordtmann betragtede Adjunktens ophidsede Ansigt med sin engelske Ro og vendte sig derpaa igjen til Prokuratoren:

„Ved Reformer af den Art, som der her er Tale om, er den praktiske Gjennemførelse det secundære og forholdsvis uvæsentlige; og den, som begynder med det, han begynder bagfra og spilder sit Arbeide. Men hvis De derimod formaar at gjøre den i Reformen liggende Tanke til Deres Tids almindelige Overbevisning — hvis det in casu kan lykkes at vække hos Forældrene denne stærke Interesse for Skolen, — ja da vil denne Interesse finde sit Udtryk i Praxis — let, naturligt og uden Anstrængelse.

Men saalænge denne Interesse ikke er vakt, kan det ikke nytte at strides om de praktiske Vanskeligheder; og saasnart den er vakt, er der ingen praktiske Vanskeligheder at strides om."

"Aa — hvor jeg kjender Ungdommen — hva! — vor Tids Ungdom," skreg Blindtarmen; "bare rive ned paa alt muligt bestaaende; men ingenting bygge op — hva! nei det betakker de sig for; for det kan de ikke! det skal vi andre eller Fremtiden gjøre; men rive ned — ja det er en let Sag — hva!"

"Ja," svarede Michal Mordtmann, "blindthen at rive ned paa noget — for Exempel paa Ungdommen, det er ganske vist en meget let Sag. Men at rive ned saaledes, at noget falder, det er efter min Forstand idetmindste ligesaa vanskeligt som at bygge op. At rive ned alt det, som staar imod Fru Løvdahls Skolereform — paa den ene Side Dovenskab og Ligegyldighed, paa den anden Hovmod og Rethaveri — se det bliver saaledes ganske vist et meget besværligt og vanskeligt Arbeide, og jeg kalkulerer, at baade De og jeg har lagt vore Ben til Hvile, inden det blir færdigt. Men det er alligevel min Mening og mit Haab, at dette Nedrivningsarbeide vil blive udført."

"Ja nedrives skal det!" raabte Fru Wenche varm, "der maa komme en Tid, da alle indser det samvittighedsløse i at ofre Slægt efter Slægt til gamle Fordomme og udlevede Doktriner."

"Hm!" svarede Prokurator Kahrs; "vi har nu hørt mange skjønne og bevingede Ord; og det vil vel være forgjæves at stille et simpelt praktisk Spørgsmaal, saameget mere som det praktiske ikke just syntes at ligge for —"

"Aa — ikke saa spids — Hr. Prokurator! kom De med Deres praktiske Spørgsmaal; naar jeg har Hr. Mordtmann med mig, frygter jeg ikke for nogetsomhelst."

"Altsaa — kort og godt: hvorfor sender De Deres Barn i Skole? — hvad vil De, Deres Barn skal lære?"

"Det skal jeg med Fornøielse svare Dem paa; og jeg skal svare saa besindigt, at min Kompagnon kan være ganske rolig; for dette har jeg selv saa ofte tænkt paa. Naar vi — Fædre og Mødre, der selv har følt, hvormeget der skal til, hvormeget man burde vide, for blot nogenlunde at forstaa sin Tid, sin Stilling i Livet og fremfor alt sin Opgave som Børneopdragere, — naar vi sætter vore Børn i Skole, saa er det selvfølgeligt i den Hensigt, at de itide skulle begynde at erhverve de Kundskaber, som vi nu af egen dyre Erfaring vide, at Livet kræver."

"Og det synes De ikke, Skolen arbeider henimod?"

"Nei! det er usigelig langt fra, at jeg synes! se nu for Exempel min

Abraham, — men hvor er Gutten henne iaften?"

Professoren, som kom ind i det samme, forklarede, at han havde sendt Abraham iseng; „han bad, at du vilde komme ind og sige Godnat til ham."

„Ja — nu skal jeg strax gaa; stakkels Gut! — jeg har jo rent glemt ham! Men, hvad jeg vilde sige: se nu altsaa Abraham; han har nu gaaet i ni samfulde Aar i denne velsignede lærde Skole; i Begyndelsen gik det godt; men i de senere Aar bliver han efter mit Skjøn dummere og dummere, mere og mere interesseløs. Saasnart han aabner Munden, røber han den største Uvidenhed om de mest dagligdagse Ting. Og det værste af alt er, at han næsten synes at foragte at vide noget fornuftigt om Verden saaledes som den er —."

„Ja Frue! —" indskjød Mordtmann, „Deres Søn lever i Videnskabens Verden; han vandrer mod Aandens høie Parnas! jeg kjender det, jeg har selv gjort Omveien om Parnassus."

„Hvad mener De med det — hva?" spurgte Adjunkt Aalbom.

„Aa — det kan vist jeg forklare Dem! jeg lugter Lunten," sagde Prokurator Kahrs, „Hr. Mordtmann hører sikkert til de moderne Modstandere af den klassiske Dannelse; jeg vædder, han hader Latinen?"

„Ja det er sikkert, jeg gjør."

Flere af dem vilde begynde paa en Gang; men Professor Løvdahl fik Ordet:

„De vil da vel ikke benægte den overordentlige Grad, i hvilken Læsningen af dette herlige Sprog udvikler den Unges Evne til stringent og logisk Tænkning!"

„Der er kun en Ting — Hr. Professor! som jeg har mærket, at Latinen virker paa alle uden Undtagelse, og det er, at den gjør os alle overmaade vigtige."

„Nogle af os — kanske," bemærkede Prokuratoren med et lidt ondskabsfuldt Blik.

Men Fru Wenche lo fornøiet: „Ja De har Ret. Ligefra jeg var liden ærgrede det mig, naar mine lange Fættere kom med Rægler af Latin, som jeg er overbevist om, der ikke var Mening skabt i. Og selv nu ærgrer jeg mig, naar ældre Herrer smiler saa polisk til hinanden og kommer med en Stump Latin."

„Nei, men det er dog en uskyldig Fornøielse — kjære Frue!" raabte nu den gamle Rektor; han havde en Stund trukket sig ud af Samtalen, der blev ham for varm; „vi maa dog have Lov til at glæde os over vor fælles

Biendom, det er som etslags Frimureri mellem os."

„Ja netop," svarede Mordtmann, som syntes opsat paa at sige imod til det yderste; „det er karakteristisk for den gamle Tids Dannelse, at det var et stort Pikanteri ved Lærdommen dette, at den var indskrænket inden en snever Kreds; — at Nydelsen, Lykken ved at have lært ikke bestod i at vide, men i at vide noget, som de andre ikke vidste. Men nutildags er der forholdsvis ikke mange, som sender sine Børn i Skole, fordi de skulle blive lærde paa den Maade."

I Pausen ovenpaa denne Tale, reiste Fru Wenche sig, for at gaa og sige Godnat til sin Søn; der skulde desuden spises tilaftens; det var blevet sent.

Blandt de lærde Mænd var der ikke liden Ophidselse; medens derimod nogle gamle Kjøbmænd nikkede hemmeligt til hinanden.

„Ja, naar De nu gaar — Frue," sagde Prokuratoren, som tilslut var bleven ivrig, „saa slukker vel denne interessante Samtale. Skade, at De ikke lod Dem formaa til at tale om det praktiske: hvad der skal læres; kunde De ikke nævne mig det fagvis?"

„Nuvel," sagde Fru Wenche fort; „der skulde læres Naturhistorie, Medicin, Jus, Astronomi —"

„Jeg synes, du nævnte Medicin — Wenche?"

„Ja naturligvis — Kjendskab til sit eget Legeme, Sygdomme og Lægemidler."

„Nei men Wenche; hvor kan du dog indbilde dig —"

„Men siger du da ikke selv — Carsten! hundrede Gange om Aaret: ja — havde bare det Menneske i sin Ungdom passet paa sine Øine, saa gik han ikke her som en elendig halvblind Stakkel. Men hvorledes skulde de kunne passe paa sine Øine, naar de ikke lærer andet om dem, end at naar dit høire Øie forarger dig, saa riv det ud! eller passe sit Legeme forresten, om hvilket de lærer, at det er et usselt og uværdigt Hylster for den udødelige Sjæl!"

„Men Jus — hva! Jurisprudents! skal Gutunger ogsaa lære Lovtrækkeri i Skolen?" — raabte Blindtarmen; hans Arrigskab steg eftersom Samtalen gik, uden at han kunde finde noget at kaste sig over.

„Javist skal de vide Besked om sit Lands Lovgivning, hvorledes og af hvem Retfærdighed og Orden haandhæves. Men spørg for Exempel min Abraham, som ellers er en velbegavet Gut, spørg ham, hvad en Sorenskriver er for noget, — han ved ikke et Muk!"

„Men spørg ham om curules, ædiles, tribuni plebis og sligt, saa ved han det paa Fingrene," sagde Mordtmann.

„Ja se saadant noget gammelt Sludder, det har han Hovedet fuldt af — den Arming! men om sit eget Fædreland, dets Statsforfatning, dets Kampe for Frihed —"

„Politik — Politik! skal Gutterne ogsaa lære Politik?" lød det fra mange Stemmer, og en ny febrilsk Iver greb dem alle.

„Naturligvis! — javist skal de lære Politik," sagde Michal Mordtmann ufortrødent.

Der blev et stort Røre og almindelig Indignation; selv Fru Wenche saa lidt betænkelig ud; men over alle skreg Blindtarmen i høieste Discant:

„Ih — men Gud forbarme sig — hva! skal vi nu ogsaa have det Syn, at Gutunger skal debattere Politik, somom de var voxne?"

„Synes Hr. Adjunkten saa meget bedre om det ikke sjeldne Syn, at voxne debattere Politik, somom de var Gutunger?"

Fru Wenche sendte den unge Mand et Smil og skyndte sig afsted til sin Søn. Men den stridbare Stemning splittede Selskabet indover de andre Værelser, hvor de skræmte Livet af de fredelige Kortspillere ved at disputere i flokkevis midt paa Gulvet, medens borte i Krogene to og to havde hinanden fat i Knaphullerne som to Bæltespændere og kjæglede som Haner med Næserne lige opi hinanden — ildrøde og Haaret i Totter.

Vel var der kanske ingen, som helt ud gik med paa Fru Wenches og den Fremmedes vilde Ideer; men mange fandt dog, der kunde være noget i det. Og alle de latinlærde kjæmpede som rasende — uvante med og forbitrede over, at en af deres egne havde aabenbaret dette Frafald midt foran disse Sildeskippere og Høkere.

Ved hele Aftensbordet gik det varmt til; og selv da Selskabet havde forladt Huset, hørte man udover Gaderne i den stille Nat: Reform — Latin —— Ephor — Politik — hva!

Da Michal Mordtmann sagde Godnat til Værtinden, rakte hun ham igjen begge sine Hænder, idet hun varmt og muntert takkede ham for hans gode Hjælp.

Han svarede nogle høflige Ord, men saa hende paa samme Tid lige i Øinene. Og hun, som paa længe ikke havde faaet saadant et Blik, slap ham og vendte sig mod de andre.

Men da alle Gjæsterne vare borte og hendes Mand havde sat sig tilrette, for at læse Aviserne, sagde Fru Wenche:

„Nei — hvor han overraskede mig den unge Mordtmann! og jeg, som ikke har anet, hvad der boede i ham. Ham maa vi virkelig invitere ofte; det var da endelig et Menneske, jeg kan snakke med."

"Aa ved du hvad, jeg synes s'gu, du kan snakke baade med den ene og den anden," svarede hendes Mand tvært; han var tilslut kommen underveir med, hvilke ukorrekte Taler der var ført i hans Hus.

"Naa, naa Hr. Ephor!" sagde Fru Wenche, idet hun begyndte at tage Naalene ud af sit svære Haar; men ved at nævne Ephor kom hun igjen paa Latteren og gik leende ind i Soveværelset.

Professor Løvdahl sprang op; men da hun alt var ude af Døren, mumlede han bare lidt, idet han satte sig igjen.

V.

Uglerne boede i det hugne Løvværk rundt de høie spidsbuede Chorvinduer i Domkirken, og i de firkantede Muraabninger oppe i Taarnene.

Lydløst havde de fløiet i sex hundrede Aar mellem Kirke- og Klostervinduer, fra Skorsten til Skorsten, gjennem Porte og Huller og i lange, trange Korridorer, hvor de mødte lærde Mænd paa Filtsko med Bøger og Pergament.

I Storm og mørke Nætter havde de siddet paa Stenene fremfor det lille Buevindu, hvor der var en Lysstribe; og deres vilde Skrig havde faaet den blege Mand derinde til at korse sig og løfte Øinene fra det dunkle Sted hos Tacitus op imod Krucifixet paa den hvide Væg.

Men Krucifixet blev revet ned og puttet i Sæk; i de lange Korridorer og opad slidte Vindeltrapper flygtede rædde Munke, og ind stormede skindklædte Mænd med blodige Øxer, ransagede Kister og Bænke, samlede Sølvbægere og hellige Kar, trak Munkene frem og pinte dem for Klosterets Skatte og løb efter Biskoppen gjennem hele Bispegaarden, gjennem Løngangen – helt op til Høialteret og hug ham ned, saa Blodet flød henad Stenfliserne i Choret.

Og den lille Fiskerby, som trykkede sig forskræmt op til Klostermurene med trange Gader og Træhuse, brændte op i en Fart, og Ilden hærjede Kirker og Kapeller.

Men lidt efter lidt voxte de smaa Træhuse op igjen; svære Bøder og rige Gaver strømmede atter ind i Bispegaarden; Tiende af Hav og Land og de rare Sølvskillinger maatte samme Vei, og der vrimlede af fremmede Munke og Kanniker, baade fede, stærke Englændere og sorthaarede Klerke sydfra med fine Ansigter.

Magt og Lærdomme reiste Mure og Taarne og Røgelsen fyldte den prægtige Kirke, hvor Klerkerne sang for de Fiskere og Bønder, som laa

47

næsegrus og mumlede, hvad de ikke forstod.

Der kom fremmede Skibe til Bryggerne og førte guldvirkede Messeklæder, Kirkeklokker og Alterkar og stærk Vin for Klostrenes kjølige Kjældere.

Men i de trange Gader og Smug bagom Abildgaarden — der laa Munkene paa Lur efter Pigerne; og mens de messede og sang oppe i Domkirken, var der tændt et Par Lamper i den hvælvede Kjælder under Bispens Kapel; og der sang de ogsaa, mens Vinfadet klukkede og Pigerne lo, og der dansede de Munke, saa Kutterne fløi.

Men Dansen tog Ende, og Glansen gik af, og Pigerne fik Fred for de galne Klerke. Paa et stort Baal midt foran Kirken brændte alle Domkapitlets Dokumenter, Papir og Pergament med store Voksegl og Bøger i Gyldenlær og hvidt Kalveskind: men alt, hvad Sølv og Guld kunde ligne, blev samlet, afhugget, afrevet, afskrabet til det sidste Støvgran, der havde Glans, og istedet kom Kalk, indvendig og udvendig og overalt Kalk — lighvid, tør og kold.

Nu kom den bedste Tid for Uglerne, mens Klostre og Kapeller faldt langsomt sammen i Ruiner, og hvad Tiden gjorde smaat efter smaat, fuldførte Menneskene i større Stykker. Snart ryddedes Mure og gamle Abildgaarde for en ny Gade; næste Aar nedbrødes Biskoppens sirlige capella domestica, fordi Fru Provstinden vilde sig derudaf lade indrede en ny Svinesti; og tilslut stod Domkirken alene igjen — faldefærdig i sin Kalkpuds, rundt omkring smaa dumme Træhuse, af al den papistiske Herlighed hverken Sten eller Pergament tilbage.

Kun et blev tilbage paa de gamle Tomter — foruden Uglerne.

Magten var forsvunden, Lærdommen var forsvunden, Kalken havde begravet, hvad der var af Skjønhed, men Latinen klæbede ved Stedet, — Latinskolen, — Tampen og Grammatiken.

Chordrengene blev til Peblinge, til Degnedrenge og tilslut til almindelige Skoledisciple; de flyttede fra en Stue til to Stuer, der klinedes op paa gamle Klostermure, indtil de puttedes ind i en ny, firkantet Skolekasse med nøgne Vægge og Vinduer af mat Glas; Tampen og Grammatiken flyttede med.

Og naar Uglerne, som ogsaa troligt havde fulgt, sad i de store Bøgetræer udenfor Rektors Studerekammer, fór ogsaa han sammen ved deres vilde Skrig og løftede sine Øine fra Tacitus, — det var det samme interessante, men dunkle Sted.

Thi i de mange hundrede Aar, hvori al Lærdom havde levet i dette skjønne og udviklende Sprog, var der — underligt nok — intet frembragt, som var værdt at læse paa Latin. Nu som for sex hundrede Aar siden

48

sad de lærdeste Hoveder og gned sine Pander mod disse interessante, men dunkle Steder hos Tacitus.

Og fremdeles gik Slægt efter Slægt til mensa rotunda, hvor Tampen og Grammatiken modtog Ungdommens Offer af Tid og Flid, for til Gjengjæld at føre de dygtigste blandt dem saa vidt, at de kunde faa gnide deres Pander mod Tacitus. —

— Bøgetræerne vare ikke gamle i Forhold til de Ruiner, blandt hvilke de vare voxede op. Men de havde dog i mere end hundrede Aar løftet sine Kroner over den lave Træby og bredt sig vidt udover den rummelige Skolegaard.

Og under deres Grene havde der suset den muntre Lyd af unge Slægter, som kom og gik; Dagens bestandige Vexlen mellem Stilheden i Timen og den løsslupne Allarm i Frikvarteret med hundrede Smaafødder trampende Jorden og et Skrig i Luften som af vilde Fugle.

Men naar Dagen var forbi, og Lærerne havde taget al sin Tyranni og al sin Kjedsommelighed med sig hjem til sig selv, da fyldtes Skolegaarden af den forpinte Ungdoms Frihaandsarbeide.

Alt, hvad der fandtes af Bygninger, Træer, Trapper og Porte, fik Liv og Navn. Og efter den døde Dags Leg med døde Navne og livløse Former, legte den levende Ungdom et fantastisk Liv fuldt af Navne med Klang og Gjenklang i de smaa fortørkede Hoveder.

Da seiledes der Jorden rundt, og Kapere skjød frem bag Træer og Hushjørner, eller Røvere laa paa Lur under Trappen. Og altsom Lyset minkede, og Skumringen udslettede Minderne om Dagens haarde Dressur, vaagnede og øgte de spildte og ubrugte Kræfter; og Riddersind, ubrødeligt Venskab og Heltemod flammede op i smaa vilde Kampe og Vovestykker, som aldrig glemtes.

Men i de stille Høstaftener, naar Bøgeløvet laa tykt under Træerne, før Stormen havde hvirvlet det bort eller Pedellen samlet det ind i sin Røgekjælder, da kom Indianere og Krybskytter listende langs Skyggerne, — eller det var Prætendenten — den ulykkelige Stuart —, der arbeidede sig frem gjennem Storm og Uveir mod Lyset fra Betty Flanagans Hytte.

Og naar Døren til Pedellens Røgekjælder gik op, saa det røde Lys faldt stribevis ind i Mørket under Træerne, da sad der tæt af Rundhoveder omkring Ilden i tunge Støvler med Slag og Jernsporer; deres Kapper hang til Tørring rundt Skorstenen, og de lange korshæftede Sværd stod opad Muren. Gamle Betty løftede det runde Trælaag — sortbrændt i Kanten, og op af den vældige Gryde steg den stærke Lugt af Faarekjød, Kaal, Poteter og Krydderi, som kogtes sammen — Høilændernes

49

Yndlingsret! —

Indenfor Røgekjælderen og under hele Skolebygningen var der skjulte Gange og hemmelige Aabninger mellem de gamle uforgjængelige Klosterkjældere, hvor de modigste trængte ind og kom tilbage bedækkede med Støv og Kalk.

Og, hvad de fortalte, gik igjen fra Klasse til Klasse, lagde under den forhadte Skole en uhyggelig Undergrund af gamle, grufulde Klosterhistorier, hemmelighedsfuldt Samkvem med døde Munke, som gik igjen; lavbuede Vinduer med lange Striber af dødblegt Maaneskin.

Og selve Legen gik istaa, naar det blev rigtig mørkt og Katuglerne begyndte at skrige. Da samlede de sig i en tæt Gruppe og skræmte hinanden med hvide Skikkelser, som de saa i Skyggerne; og fra Domkirken med de høie Taarne og fra de svarte Munkekjældere kom der saa megen Uhygge og Fælenskab, at de pillede hjem, for at læse Lexer. —

— Det var store, smukke Træer — Bøgetræerne i Skolegaarden. Men et Aar begyndte det, som stod yderst mod Nord, at skrante, næste Aar gik det ud; hist og her i Rækken blev et Træ sygt, svære Grene — raadne indeni — blæste ned om Vinteren.

Alle de, som forstod sig paa Træer, fik travlt; og der fremkom mange Formodninger og Forslag. Nogle mente, at Jorden var for fast tiltrampet om Rødderne, og vilde, at der skulde pirkes lidt i den; andre vilde skrabe Stammerne, og nogle vare af den Formening, at der kom ikke Lys nok indunder Grenene og vilde have Toppene kappede af.

Ingen syntes at ville forstaa, at Jorden var sur, Træerne gamle og raadne, saa ingen Kunst kunde forhindre, at de visnede og døde.

Men ligesom Træerne vantrivedes, saaledes var det ogsaa, somom der lagde sig en Tyngsel over selve den Skole og den Ungdom, de overskyggede.

Tampen dansede ikke længer lystigt med Grammatiken; den var lagt bort. Og efter denne Skilsmisse syntes Grammatiken at tæres hen som en Enke, der har mistet sin bedre Halvdel. Latinen vilde ikke rigtig gro længer trods al mulig Umage; ingen kunde være blind for, at Kjendskabet til det herlige Sprog gik tilbage Aar for Aar.

Og uagtet de ikke lærte Halvparten saa meget Latin som for 30 Aar siden, saa Ungdommen dog bleg og overanstrængt ud. Det var en Ynk at se de blegnæbbede Dverge, som nutildags med Møie kunde slæbe sig igjennem det allertarveligste Pensum til Examen artium, — og man saa vilde tænke paa hine Karle, der deponerede i fordums Tid.

Lærerne gik, somom de gik igjen. En vissen, grinet Flok, som gjennem

Aarene udviklede hver sin Særhed til Karrikatur; fordi deres ensomme
Liv var at sidde paa Kathederet og strø Støv paa en Ungdom, de ikke
forstod.

Men mange mærkede de lærde Skolers Hensygnen. Fra det hele Land
kom samstemmige Iagttagelser og Beklagelser; og alle Skolemænd satte
sig i Bevægelse, stak Næsen i Papirerne, og ophvirvlede smaa Skyer af
extrafint, filologisk Støv.

Nogle mente, alt vilde blive godt, naar Eleverne fik særskilte Pulte og
grønmalede Pennalhuse; andre raabte paa et nyt og mere fuldkomment
Ventilationssystem; enkelte lovede sig en ny Opblomstring af Lærdom
og Sundhed for den kjære Ungdom, hvis Tyngdepunktet i
Undervisningen blev forlagt fra Latinen og over paa Græsken.

Ingen syntes at ville forstaa, at Systemet var forældet og selve
Lærdommen raadden, saa ingen Kunst formaaede længer at forhindre
det døde fra at forpeste det levende.

Rektor sukkede mangen Aften, naar Maanen skinnede over
Skolegaarden og udover Byen, som voxte og trivedes paa sin Maade.
Skolen trivedes ikke; hvert Aar fandt han færre haabefulde Elever for
Latinlinien; mens der var nok af raske Gutter, som opgav det tidligt og
gik tilsøs eller til Udlandet, for at lære Handel.

Han vendte sig bort og gik ud i den store gamle Have paa den anden
Side af Huset. Her havde han en liden fredelig Plads under et
ældgammelt Pæretræ, hvor han sad om Sommeraftenen og snuste
eftertænksomt. Men hellerikke her — skilt fra Byen og hele Verden bag
den høie Kirkegaardsmur — hellerikke her fik han Fred for urolige
Tanker.

Hvor lidet den huede ham — hele den nye, travle Tid, og hvor det
ængstede ham — ængstede ham oprigtigt som et Tilbageskridt mod
Barbariet —, denne Ringeagt for de klassiske Studier, som begyndte at
vise sig baade her og der.

Men han vilde ikke tabe Modet; endnu stod de dog — Gud være lovet!
— de gamle Klassikere; uovertrufne af nogen senere Tidsalders Mænd,
ragende op over enhver Tid, ligesom selve denne skjønne Kirke ragede
op over den snevre dumme Fiskerby med sine ædle og alvorlige Linier.
Og fra Kirken var det, somom der gik en Luftning henover Ruinerne,
henover Skolen, henover ham selv, idet han reiste sig fra Bænken.
Styrket som efter en Bøn gik han fuld af Kraft og Tillid op paa sit
Studerekammer, for at gnide sin Pande mod Tacitus.

— Og Uglerne forstyrrede ham ikke; Skolen og Byen var bleven dem for
stor og larmende, de forsvandt med en Gang og blev borte. —

51

VI.

Michal Mordtmann havde en Overraskelse i de første Dage efter Selskabet hos Professor Løvdahl.

Morgenen efter underrettede han sin Fader foreløbig om, at Udsigterne for deres Plan ikke var synderligt lyse. Da det var gjort, havde han trøstet sig med at tænke paa, hvorledes han havde skræmt de gamle Katugler, og hvor prægtig Fru Wenche havde været.

Smuk var hun ogsaa og ganske overraskende ung. Idet han forudsaa, at hans Ophold i Byen nu kanske ikke blev af saa lang Varighed, tog han den Beslutning at besøge hende ofte: — hvis han først skulde opgive sin Fabrik, vilde han ialfald tage den Fornøielse, som det kjedelige Sted kunde byde ham.

Men da han udpaa Dagen gik op til Klubben, hvor han spiste Middag, kom den tykke Jørgen Kruse hen til ham midt paa Gaden, trykkede hans Haand og sagde: „Tak — Hr. Mordtmann! — mange Tak for igaar. De balberede de lærde Herrer ganske ordentligt; og det var som skulde jeg sagt det selv — det, Fru Løvdahl kom med om Gutterne paa Latinskolen. For se nu min Morten! — han var s'gu saa flink en Gut som nogen, da han var liden, samlede sine Kobberskillinger og hjalp i Kramboden. Men nu — han er Gud forlade mig nær sexten Aar! — nu da al denne latinske Lærdom er faret i ham, nu er han bleven saa dum — Far! at jeg ikke turde betro ham Kramboden en halv Time, — ja ikke vilde han staa der heller. Nei den Latinen tror jeg ikke stort paa, og var det ikke for Mutters Skyld, skulde han ud af Skolen den Dag imorgen."

Michal Mordtmann vidste slet ikke, hvad han skulde svare; og da længer oppe i Gaden Adjunkt Aalbom gik smaanynnende forbi uden at ville se ham, saa forstod han det meget bedre.

Men det var ikke bare den tykke Jørgen Kruse; flere af de velstaaende Smaakjøbmænd kom mer eller mindre uforbeholdent frem med, at hans Optræden i Professorens Selskab havde smagt dem godt.

Og omsider gik det op for ham, at det havde været etslags Fest for alle disse Mennesker, som tidt nok havde hørt, at de ingenting vidste og ingenting forstod uden at skrabe Skillinger sammen, — at en af de latinlærdes egen Kreds vendte sig imod de høie, hovne Herrer.

Never mind — tænkte Michal Mordtmann, er det ikke andet de vil, saa gjerne for mig. Kapitalen var Hovedsagen, og ikke skulde han vente sig stort i den Vei af Embedsmænd og Skolelærere; kunde han realisere sin Plan og slippe for et ydmygende Tilbagetog, saa skulde han vist ikke sky nogen Møie.

Han gik derfor med fordoblet Iver omkring og snakkede fosforsurt i de store Kontorer, og han var meget godt ligt; men naar det kom til Punktet — til selve Aktietegningen, stødte han uvægerlig mod en Hindring, en bestemt Anstødssten, og det var Professoren. Saalænge Professor Løvdahl holdt sig tilbage, blev det med bare Snak. Han var dog den eneste, som forstod Tingen. Lærd var han, og rig var han, og hvis han ikke vilde være med, saa maatte der alligevel være noget raaddent ved Affairen, hvor glimrende den end tog sig ud.

„Lad først Professor Løvdahl tegne sig, saa er jeg med og mange med mig," — sagde Jørgen Kruse.

Michal Mordtmanns kvikke Hoved arbeidede ikke længe med denne Hindring. Han knappede sin lange, engelske Visitfrak og gik hen, for at besøge Fru Wenche.

„Endelig!" raabte hun, da han kom.

„Undskyld Frue! — jeg burde ganske vist tidligere gjort min Visit, for at takke" —

„Nei Tak! høistærede Hr. Mordtmann! den Tone skal vi ikke have mere af. De har en Gang for alle forspildt Deres Ret til at være engelsk overfor mig. Værsaagod at sætte Dem ned som gammel Maalstræver og ærlig Radikaler. Kan De forsone de andre vrede Guder med Deres afskyelige Soda, saa for mig gjerne. Men her er De min Mand — min Landsmand, og al Deres Korrekthed er spildt — det forsikrer jeg Dem! — fuldstændig spildt paa mig."

„Jeg kommer Frue —"; men han kom ikke længer; for baade han og Fruen kom i en saadan Latter ved Tanken om deres sidste Møde og ved hans mislykkede Forsøg paa at være formel, at de tilslut rystede hinandens Hænder hjerteligt; og der blev i et Øieblik en saa stor Fortrolighed mellem dem, som ellers et langt Samvær næppe vilde frembragt.

„De var ganske ubetalelig i Tirsdags," sagde Fru Wenche og tog fat paa sit Sytøi; han sad i en lav Stol lige indved Sybordet; „De kan ikke tænke Dem, hvad det er for mig, endelig at møde et Menneske med mine Anskuelser og Mod til at udtale dem. Her gaar vel en og anden — for Exempel Overlærer Abel — og tumler lidt med nye og frisindede Ideer, men i Smug, somom det var farligt Sprængstof —"

„Hvad det forresten ogsaa er — Frue! De saa jo selv, hvor vore Bomber sprang lystigt i Næsen paa de lærde Herrer."

„Ja — det er sandt! aldrig i mit Liv skal jeg glemme Adjunkt Aalboms Ansigt; jeg var næsten bange, han skulde kvæles. Men — à propos! har Mr. Mordtmann ogsaa tænkt paa Følgerne af Deres dristige Ord hin

Aften? De maa nemlig vide, sligt taaler man ikke her i Byen. Med mig er det en anden Sag; jeg hører nu til her, og alle ved, at jeg er uforbederlig, — desuden er jeg jo bare en Dame! Men for Dem —"

„Aa — heller ikke jeg lægger synderlig Vægt paa denne gode Bys Omdømme."

„Men Kjære! det maa jo være af yderste Vigtighed for Dem, at De gjør et godt Indtryk."

„Ja — forsaavidt som man jo altid helst vil efterlade et godt —"

„Nei — nei! forstaar De! — jeg tænker jo paa Sodaen, og alt det andet Stinkstof, De vil lave."

„Naa saa! — De tænker paa den projekterede Fabrik; men den bliver der vist ikke noget af for det første."

„Saa? det var da leit for Dem. Carsten sagde forleden, han troede, Stemningen blandt Kjøbmændene var gunstig."

„Troede Professoren! — jeg er desværre kommen til et andet Resultat; iethvertfald tænker jeg Snart at reise."

„Reise! — herfra?"

„Ja — tilbage til England."

„Opgiver De Fabriken?"

„Ja — foreløbig ialfald; jeg kan intet udrette."

„Men dette er jeg aldeles ikke tjent med," raabte Fru Wenche; „endelig har jeg fundet et skikkeligt Menneske, som jeg kan snakke med, og saa vil han bort. Det gaar paa ingen Maade an! Forklar mig ialfald, hvad der er iveien? hvorfor maa De opgive det? er de ræd for sine Skillinger — de smaa Sildekonger?"

„De smaa er ikke de værste —"

„Er det da de store Huse, som holde sig tilbage: With's eller Garman & Worse?"

„Høiere op!"

„Høiere op! — det forstaar jeg ikke."

„Skal jeg betro Dem — Frue! paa hvem min Fabrik strander?"

„Ja vist skal De saa og lidt fort."

„Paa Deres Mand."

„Paa Carsten? Ephoren? — men Kjære! han interesserer sig jo varmt for Dem."

„Ja Gudbevares! Professoren har været yderst elskværdig mod mig; men —"

„Naa da! men?"

„Men Aktier vil han ikke tegne."

„Saa — aa! det var dog besynderligt. Jeg hører ellers alle Folk siger, at Carsten er saa dygtig og forsigtig i Pengesager. Hør! — sig mig en Gang oprigtigt — saadant mellem os —; tror De selv paa Deres Foretagende?"

„Ønsker Fruen at se Prospektus," spurgte Mordtmann og greb i Lommen.

„Nei vist ikke! men svar mig —: tror De selv —"

„Vi har her," afbrød han i sin alvorligste Forretningstone, „som De vil se en Række Analyser —"

„Lad mig være i Fred for Deres væmmelige Analyser" — lo Fru Wenche.

„— og endvidere et specificeret Overslag med samt en Calcule," vedblev Mordtmann; og nu var det ikke længer muligt at faa et alvorligt Ord ud af ham; han morede hende endnu en Stund med sin Forretningstone og med at give Scener af sine Besøg hos Byens Borgere, indtil han reiste sig og sagde Farvel.

Men da han var gaaet, tænkte Fruen paa det; det vilde i Virkeligheden være altfor ærgerligt, om han nu reiste bort. Hun vilde dog spørge Carsten, hvorfor han ikke kunde tage et Par Aktier, naar det hele stod fast paa ham.

Professoren svarede — Samtalen begyndte ved Middagsbordet —, at han af Princip ikke gjerne anbragte Penge i indenbys Foretagender.

Men dette var da vist meget fordelagtigt?

Aa ja! det kunde saamænd nok hænde, at det blev en god Forretning.

„Ja svar mig nu — Carsten! du skal jo forstaa dig lidt paa Sagen: tror du paa den Fabrik?"

„Oprigtigt talt: nei; — og det, fordi jeg selv forstaar lidet eller intet af den praktiske Chemi, og de andre, som skal yde Pengene, forstaar mindre end ingenting; og saadant pleier der ikke at blive god Forretning af."

„Men Kjære! Mordtmann skal jo bestyre den; og han forstaar det jo — ikke sandt?"

„Kan være og kan ikke være. Hans Fars Firma er ikke meget anset; det engelske Hus, som der altid tales om, har endnu ikke tegnet noget Beløb —"

„Ja, men du betænker ikke alle Fordelene ved Stedet; Mordtmann, som selv har bestyret en saadan Indretning i England og som —"

55

„Har du nylig talt med den unge Mordtmann?"

„Ja han gjorde Visit i Formiddag. Og da fortalte han mig, at det ikke var ham muligt at faa tegnet Aktier, før du vilde gaa i Spidsen."

„Ah! nu begynder jeg at forstaa! — og saa var Hr. Mordtmann saa udspekuleret fin —"

„Fy Carsten! altid tror du, Folk er ligesaa beregnende som du selv. Han sad her og fortalte mig det hele ganske naturligt, og det faldt da vist hverken ham eller mig ind, at jeg skulde blande mig i de Ting."

„Aa Michal Mordtmann — han er nu en —"

„Jeg kan se paa dig, at du vil sige: en Bergenser," sagde Fru Wenche lidt bittert.

„Noget lignende — ja!" svarede Professoren: „forresten, naar du ønsker at deltage i dette Foretagende, saa Gud bevars! jeg skal saamænd tegne saa mange Aktier, du vil; Pengene ere jo dine."

„Uf Carsten! — du ved, jeg ikke vil, du skal komme med det! — jeg vil ikke have noget med de Pengesager; jeg vil ikke paa nogen Maade, at du skal kjøbe Aktier for min Skyld."

Fru Wenche blev snart heftig i Samtalen; men da blev hendes Mand altid mere dæmpet.

„Jo saamænd skal du have Aktier — lille Wenche! jeg ser godt, du har Lyst paa dem; saa beholder vi ogsaa den kjære Hr. Mordtmann."

Abraham sad og saa hemmeligt fra den ene til den anden. Han forstod ikke; men han saa, hvad han saa ofte havde seet, at Moderen var heftig og Faderen blid og venlig.

Om Eftermiddagen skulde han som sædvanligt læse med lille Marius; men han havde saa liden Lyst. Det var i de første Dage af Mai, og de repeterede i alle Fag til denne forfærdelige Hovedexamen, som skulde afgjøre lille Marius's Skjæbne.

Derfor sad h a n ivrig ved Bøgerne; men Abraham havde saa liden Lyst. Solen skinnede paa det nye Stikkelsbærgrønt nede i Haven, og oppe i Himmelen var der ikke en eneste Sky.

Abraham sad bare og gjorde Kommers baade med Græsken og Mathematiken til Marius's store Forskrækkelse; tilslut begyndte han at messe af Pontoppidans Forklaring, som de gjennemgik i Skolen for syvende eller ottende Gang.

Marius lo og bad afvexlende; men Abraham var kommen i det gale Hjørne; han slængte alle Bøgerne op i Sengen og raabte: „Kom skal vi ro ud og fiske!"

Ja — lille Marius var svag nok, og saa roede de ud paa Vaagen og fiskede

Smaatosk i den stille, fine Foraarsaften.

Men Følgen blev ogsaa, at det gik meget broget for Marius den følgende Dag. Bare Bevidstheden om, at han ikke havde læst saa meget og saa ordentlig som sædvanligt, gjorde ham forfjamset og usikker i de simpleste Ting.

Dertilmed vilde Ulykken, at Rektor kom ind i Aalboms Latintime, for at høre paa Examinationen, hvilket han undertiden gjorde, naar han havde Tid.

Det gjaldt da for Aalbom nu mod Aarets Slutning at vise Rektor, hvor vidt de kjære Disciple vare komne under hans Regimente; derfor tog han først Duxen og saa Marius.

Abraham sad som paa Naale; han kjendte jo Marius ud og ind og vidste hvor let det store Hoved kunde løbe sig ubønhørligt fast i den mindste Ting, naar der først kom Ugreie. Det havde allerede været galt i forrige Time med Græsken; men Pindsvinet havde med stor Liberalitet ladet Abraham hviske hvert Ord over Bordet.

I Frikvarteret havde lille Marius sagt:

„Du skulde ikke lokket mig ud at fiske igaar — Abraham! — jeg kan ingenting og bliver vist hørt i alt idag. Saa faar jeg 6, og saa kommer jeg ikke op til Sommeren."

Abraham begyndte at forstaa, hvad dette vilde sige for lille Marius; han havde igrunden aldrig tænkt rigtig over det. Men som lille Marius nu med mange Feil læste op en Ode af Horats, sad han og tænkte paa, hvor aldeles hjælpeløs hans bedste Ven vilde blive, om han skulde sidde igjen i Klassen blandt nye Kammerater; medens han selv — Abraham — naturligvis blev opflyttet i fjerde Latinklasse.

„Nei — nei — Gottwald! du snakker over dig," sagde Adjunkt Aalbom kattevenlig; thi lille Marius gjorde Feil paa Feil; men han turde ikke slippe sig løs med Skjældsord for Rektor; „tænk dig nu om — Gutten min — hva! fallo, fefelli — siger du; det er ganske rigtigt; men nu Supinum — Supinum kjære Gutten min hva!"

„—fe—fe—fe—" stammede Marius fuldstændig hjælpeløs; der var ikke længer Tanke skabt i hans Hoved.

„Ih! men du gode! hvad vil du med Reduplikation i Supinum?" raabte Aalbom; men et Blik fra Rektor staggede ham; „tænk dig nu om Gottwald! du kjender saa godt disse Verber, naar du bare tænker dig lidt om; der er ikke mere end tre fire af dem; du husker: pello, pepuli, pulsum — altsaa fallo, fefelli — nu?"

„— pulsum," svarede Marius og virrede det blaa Lommetørklæde om Fingrene.

57

„Sludder Gottwald! vil du gjøre Nar af mig? — Javist Hr. Rektor! det er ganske sandt, lad os tage det med Ro — hva! bare rolig Gutten min, saa kommer det nok; altsaa vil vi begynde med Begyndelsen, med Ting, du kan paa dine Fingre, bare rolig — hva! Gutten min!" hans Stemme dirrede af Arrigskab; „altsaa: amo, amavi — nu Supinum; — ama —"

„— ama —" gjentog Marius og slap sit Lommetørklæde.

„Nei — nu gaar det for vidt!" — skreg Aalbom og glemte Rektoren ganske; „er du gjenstridig — din Knægt! hvad hedder det runde Bord paa Latin? — det runde Bord? — nu — vil du svare?"

Men der kom ingen Lyd fra lille Marius, og Adjunkten styrtede henimod ham, somom han vilde slaa ham trods Rektoren. Men enten han nu vilde det eller ikke, saa faldt Marius ned imellem Bordet og Bænken, før Adjunkten naaede hen til ham.

„Faldt han?" spurgte Rektor og kom hen til Aalbom, der stod bøiet over Bordet og stirrede ned paa lille Marius.

Men idetsamme lød der en Stemme i Klassen dirrende af Sindsbevægelse og afbrudt som af Hulken; de vendte sig alle og saa Abraham Løvdahl; han stod opreist, ligbleg med Ansigtet fortrukket: „Det er Skam — det er stor Skam!" — sagde han igjen og løftede sin knyttede Haand mod Aalbom: „De er en — De er en D æ v e l !" — fik han endelig sagt og tog et fast Tag i Bordkanten.

„Men — men Abraham! — Abraham Løvdahl! er du bleven splittergal Gut?" raabte Rektor; aldrig i sin lange pædagogiske Virksomhed var han bleven saa forskrækket. Selv Aalbom stod som forstenet og glemte næsten lille Marius, som laa dernede uden at røre sig.

Men Morten Bagstræver flyttede resolut Bænken ud fra Bordet og løftede Marius op, han var bleg og Øinene lukkede.

„Hent noget Vand," sagde Morten i sin trodsige Tone, mens han holdt Marius oppe.

„Ja — Vand — hva!" begyndte nu Adjunkten; „Gottwald er syg; — det er en Skandale at sende Gutten i Skole, naar han er syg — hva!"

Under dette stod Rektor midt foran Abraham og stirrede paa ham; endelig sagde han stille og strængt: „Gaa hjem — Løvdahl! — jeg skal henvende mig til dine Forældre."

Der var dødsstille i Klassen, da Abraham samlede sine Bøger og gik. Den Forbitrelse, som var kogt op i ham, mens Adjunkten pinte Marius, faldt saa forunderligt hurtigt sammen; og da han gik alene ud gjennem Skolegaarden — det var midt i Timen —, begyndte han at tænke paa, hvad det var, han havde gjort, og hvad vel hans Fader vilde sige.

Han turde ikke gaa lige hjem, men lagde sine Bøger ind hos Bageren, hvor han var kjendt, og gik sig en lang Tur udover Østkanten af Byen, hvor han ikke let vilde risikere at møde sin Fader.

Imidlertid kom lille Marius til sig selv, da han fik koldt Vand i Ansigtet; han laa en halv Times Tid paa Sofaen inde i Rektorens Dagligstue, hvor de gav ham Hofmansdraaber, indtil han blev saapas, at Pedellen kunde følge ham hjem, Fru Gottwald boede ikke langt nede i Byen.

Lille Marius forlod da Skolen — bleg og halvt bevidstløs, støttet til Pedellen, som bar alle hans Bøger. Stinkdyrene stimlede sammen og løb foran, for at se ham op i Ansigtet; nogle vilde til at bespotte Rottekongen; men en af de store sagde: „lad ham være, han er syg."

Og saaledes slap han for første Gang uforhaanet gjennem sine Fiender.

Rektoren skulde ganske anderledes taget sig af sin lille Professor, om ikke Tilfældet med Abraham helt havde optaget ham.

At en Discipel blev syg under Undervisningen var jo noget, som let kunde hænde; lille Marius havde ganske sikkert ikke været frisk hele Dagen; det kunde man mærke strax ved Examinationen; han havde endog gjort metriske Feil under Oplæsningen, noget, som ellers aldrig kunde hænde Marius. Og Rektor maatte næsten give Aalbom Ret, naar han vedblev at gjentage, at det var en Skandale at sende syge Børn i Skole.

Men Abraham — Abraham Løvdahl — fræk — oprørsk, i aabenbar Trods! det var ikke til at tage feil af: denne Dreng skjulte under et velopdragent og freidigt Væsen de allerfarligste Spirer.

Havde det endda været en Søn af raa og udannede Forældre, — saadanne som de desværre havde saa mange af: men en Søn af Professor Løvdahl — en Mand saa fin, saa human og gjennemdannet! — og saa skulde der hos hans eneste Søn pludseligt aabne sig Dybder af Trods og Oprørssind!

„Hans Moder er en meget oppositionel Karakter," henkastede Adjunkt Aalbom forsigtigt; han vidste, hvilken høi Stjerne Fru Wenche havde hos Rektoren.

Men den anden saa tilsiden og svarede ikke; han kom til at tænke paa den sidste Samtale i Professorens Middagsselskab.

Derfor gik han hellerikke hjem til Løvdahls, som han oprindelig havde tænkt; men han skrev et meget alvorligt Brev til Professoren, forklarede Sagen og udtalte som sin Overbevisning baade som Pædagog og som mangeaarig Ven af Huset, at kun ved at vise den største Strenghed og ved at tage dette med al mulig Alvor kunde man endnu kvæle de onde Spirer, som desværre var kommet for Dagen i deres kjære Abrahams

59

Karakter.

Professor Løvdahl fik dette Brev i sin Konsultationstime fra 12 til 1; og han blev saa altereret, at han strax sendte de Patienter bort, som kunde vente til imorgen, og skyndte sig at fare over de andre.

Det var aldrig faldet ham ind, at hans Søn kunde opføre sig saaledes. Selv var han kommen gjennem Livet velopdragen og korrekt. Ydmyget sig havde han egentlig aldrig, det kunde ingen sige; han havde tværtimod vidst at holde sig Folk fra Livet. Men aldrig havde han stødt an mod nogen overordnet; aldrig var der i hans Sjæl opstaaet noget, som kunde ligne Oprør.

Han kunde i Begyndelsen ligefrem ikke begribe, hvad der gik af Abraham; og til og med var det jo i en Sag, som ikke vedkom ham. Om Læreren kanske havde været lidt hidsig mod Gottwald, var der derfor nogen Mening i at fare saaledes op og risikere de største Ubehageligheder for en andens Skyld?

Men det var dette taabelige Guttevenskab, disse overspændte Ideer om Mod og Trofasthed, hvis Kilde Professoren kun altfor godt kjendte.

Allerede længe havde han forudseet en afgjørende Kamp med sin Kone om Sønnen. Han havde bestandig bøiet af og udsat det; thi han hadede Strid og Ufred i Huset.

Men meget syntes ham nu at tyde paa, at Afgjørelsen nærmede sig. Den Samtale, som hin Selskabsaften var ført i hans Kones Værelse, var bleven omtalt og saa kommenteret, at den allerede udgjorde et vigtigt Led i Byens indre Historie, og meget havde Professoren døiet hos Venner og Veninder, fordi hans Hus kunde give Plads for noget, der nærmede sig saa stærkt til Skandale.

Desuden var der et stille Uvenskab mellem ham og Fruen fra igaar, da de talte om Aktierne i Fabriken.

Professoren var gaaet lige i Handelsforeningen, hvor den tomme Liste længe havde ligget som et Spøgelse, og tegnet 10 Aktier à 500 Spd. Bagefter fandt han endog selv, at det var meget; men det var i Overensstemmelse med den Methode, han brugte overfor sin Kone.

Nu — efter Historien med Abraham var han ganske ovenpaa; og hvor meget det end harmede ham, ja rent ud bedrøvede ham — det, som var hændt med Gutten, saa kunde han dog ikke andet end tænke med en vis Tilfredsstillelse paa alle de spidse Ord, han nu kunde faa Brug for mod sin Kone.

I flere Aar var deres Ægteskab gaaet stille og tørt; hun snar til Heftighed, han altid rolig, beredt til at dække over hendes Uregelmæssigheder; efterhaanden foragtede hun ham en Smule, medens han, som strax følte det, fortæredes af Ønsket om at overvinde hende og tvinge hende til at se med hans Øine.

"Nu har vi Følgerne af din Methode," begyndte han derfor, da han med Brevet i Haanden traadte ind i Dagligstuen; "jeg har altid sagt, du fordærvede Gutten med dine overspændte Ideer, og nu er det kommet. Her er Brev fra Rektoren: Abraham har gjort Oprør i Skolen."

"Men — Carsten! hvad er det, du siger?"

"Han har sat sig op imod sine Lærere, truet med knyttet Næve og kaldt Adjunkt Aalbom for en Dævel."

"Naa Gudskelov! — ikke værre!" sagde Fru Wenche lettet.

"Ikke værre? — ikke værre! — ja det ligner dig! du kan snart ikke sympathisere med andet end Oprør og Opsætsighed mod alt og alle. Men nu vil jeg sige dig en Ting — min høistærede Frue! — nu er det forbi med min Taalmodighed. Gutten er ogsaa min, og jeg vil ikke have en radikal Fusentast af ham, der bliver liggende som et Udskud i Samfundet til Skam og Sorg for sin Familie. Nu har jeg længe nok seet dig fylde ham med dine gale Ideer, og nu har det baaret sin Frugt; men nu faar du ogsaa undskylde, at jeg som Fader tager Magten, for at redde, hvad endnu reddes kan. Er han hjemme?"

"Jeg har ikke seet ham."

Fru Wenche var ikke rigtig sikker paa, hvorledes hun skulde møde denne usædvanlige Heftighed hos sin Mand; hun vidste jo hellerikke fuld Besked om, hvad det var, Abraham havde gjort; og hun vilde ikke spørge, saalænge hendes Mand behandlede hende saaledes.

Men da Abraham endelig træt og sulten kom hjem og sneg sig ind i Dagligstuen bleg og nedslagen, sagde hun til ham: "Men Abraham! hvad er det, vi hører om dig? hvad har du gjort?"

Abraham stirrede paa hende; hans eneste Haab havde været Moderen; men før han fik svare, aabnede Professoren sin Dør og kaldte ham ind.

Fru Wenche hørte hans Stemme tale strængt og vedholdende; hun kunde ikke holde det ud; hellerikke vilde hun nu gaa ind, og derfor gik hun ud i Spisestuen.

"Hvor kunde du gjøre mig denne store Sorg? — Abraham!" saaledes begyndte Professoren alvorligt og næsten sørgmodigt; "jeg havde saa vist haabet at gjøre dig til en brav og nyttig Borger, til en Søn, jeg kunde have Glæde og Ære af; og istedet derfor begynder du allerede i din unge Alder at lægge Tendenser for Dagen, som sikrere end noget andet vil føre dig i Fordærvelse. Thi Dovenskab, ungdommeligt Letsind og Vildskab — det kan gaa af med Aarene og ved forstandig Behandling; men Oprørsaand er noget, som næsten altid tager til der, hvor det først har slaaet Rod. Man begynder med at trodse og forhaane sine Lærere, saa voxer man sin Far og sin Mor over Hovedet, og tilslut vil man ikke bøie sig for Vorherre selv! Men ved du, hvad det er for Slags Folk — disse? — jo du, det er Forbryderne, det er Samfundets Udskud, der trodse Lovene og fylde vore Fængsler. Hvad der er skeet med dig idag, har rystet mig mere end jeg kan sige; jeg formaar hverken at skjænde paa dig eller at straffe dig; jeg ved ikke engang, om jeg kan beholde en saadan Søn i mit Hus."

Dermed gik han ud af Stuen.

Det var en vel betænkt Tale af Professoren, og den gjorde sin Virkning.

Alt havde Abraham forestillet sig paa sin ensomme Vandring, — alt det værste, han kunde tænke sig af Skjænd og Straf; men dette gik dog over alt.

Den sørgelige, bedrøvede Tone; de haarde Ord og saa tilslut den skrækkelige Mulighed, at han kanske skulde sendes ud af Huset, bort fra Moderen, — d e r først begyndte han at samle sig saa meget, at han brast i Graad og laa længe nede i Sofaen og græd. Hvor ubegribeligt det forekom ham — det, han havde gjort; hvad skulde der dog blive af ham?

En lang Stund efter aabnede Professoren Døren og kaldte ham tilbords.

Fru Wenche havde endnu ikke faaet fuld Besked om Sagen; men efter det, hun fik vide, maatte hun jo indrømme, at Abraham havde opført sig høist usømmeligt. Men alligevel forundrede hun sig over, at denne lille Ting, — thi i Grunden var det da ikke saa farligt —, at dette kunde saa aldeles forstemme hende. Hun følte sig saa tung og usigeligt ulykkelig, og hun havde den største Lyst til at kaste sig over Abraham og græde ud.

Men der blev ikke talt et Ord under Maaltidet.

Abraham laa sønderknust over sin Suppe; og han lignede i dette Øieblik ikke meget hin blege Helt, som stod opreist med knyttede Næver mod Adjunkt Aalbom og kaldte ham en Dævel. —

VII.

Den store Begivenhed i Byen var de ti Aktier, som Professor Løvdahl havde tegnet i Fabriken; og det gik som Jørgen Kruse havde forudsagt. Der blev en Rift om Listen oppe i Handelsforeningen; — ja der gik i et Par Dage ligesom et Pust af Spekulationsfeber gjennem det ellers saa døde og træge Handelsliv.

Efter fjorten Dage telegraferede Michal Mordtmann til sin Fader, at der var tegnet 96,000 Spd.

Den unge Mordtmann var straalende, — baade glad ved Udsigten til at komme i Spidsen for en storartet Bedrift og ikke lidet stolt over at have spillet sine Kort saa fint. De onde Øine fra Latinerne brød han sig Pokker om; det var Handelsverdenen — Realisterne — han skulde erobre, og det havde han gjort.

Han fik ogsaa et anerkjendende Brev fra Isac Mordtmann &Co., og nærmere Instrux med Hensyn til den Direktion, som skulde vælges; Professor Løvdahl maatte absolut være med.

Michal Mordtmann bragte det paa Bane næste Søndag hos Professorens, — han spiste der regelmæssigt hver Søndag —; der var forresten lidt tungt i Huset efter Affairen med Abraham, hvem Faderen vedblev at behandle med en Kulde, som holdt ham i den pinligste Spænding.

Professoren afslog først den Ære at tiltræde Direktionen. Ikke havde han Tid for sin Praxis, hellerikke egnede han sig for sligt. Han havde jo netop af Princip holdt sig ude af Forretningslivet.

Det var jo igrunden bare Navnet, mente Mordtmann; om noget Arbeide blev der slet ikke Tale; Bankchef Christensen skulde være administrerende Direktør; det gjaldt bare om, at Professor Løvdahls Navn fandtes i Direktionen.

„Kan ikke De hjælpe mig Frue! — til at overtale Deres Mand?"

„Nei, min Mand raader sig selv i alle saadanne Ting," svarede Fru Wenche uden at se op.

„Hvis du ønsker det — min Ven! saa skal jeg gjerne træde ind i Direktionen," sagde Professoren venligt.

„Jeg ønske det? men hvem siger det? hvor kan det falde dig ind!" sagde Fruen nervøst.

„Ei-ei! — du interesserer dig dog ivrigt for Hr. Mordtmanns Fabrik; og jeg vil ogsaa gjerne gjøre vor unge Ven en Tjeneste. Altsaa; jeg er villig til at tiltræde Direktionen — Hr. Mordtmann!"

„Tusind Tak," svarede denne og lagde i sin Glæde ikke Mærke til Fruens Udtryk; han løftede sit Glas: „ja saa er alt iorden; nu lover jeg, det skal ikke vare længe, før Fabriken staar der."

Fru Wenche befandt sig ilde. Den Fortrolighed, som saa hurtigt var opstaaet mellem hende og Mordtmann, begyndte allerede at genere hende; hun saa godt, at hendes Mand lagde Mærke til hvert Ord og hvert Blik mellem dem; og hun vidste, han troede, at hun i dette med Fabriken havde været i Ledtog med den unge Mand.

63

Og det ærgrede hende, fordi det var jo ikke sandt. Men hun følte, at om hun prøvede at forsvare sig, vilde hendes Ærlighed komme tilkort overfor hendes Mands Mistænksomhed, og Forviklingen vilde bare blive større.

Men netop dette, at hun mod Sædvane opgav Tanken om en Forklaring, det pinte hende og gjorde hende usikker baade i Forholdet til Manden og til den Fremmede.

Dertil kom, at hun i disse Dage for første Gang havde følt, hvad hun saa ofte havde gruet for: at hendes Søn kunde blive hende fremmed, eller at ialfald noget kunde skyde sig ind imellem dem og forspilde den ubegrænsede Fortrolighed, hvori de hidtil havde levet.

Da hun endelig fik hele Historien om Marius og Aalbom fra Abraham selv, — han fortalte med nedslagne Øine, endnu ganske forskrækket over, hvad han havde gjort —,da tog Moderen ham i sine Arme og raabte: „Nei men Herregud! — har de skjændt paa dig for det? skulde du sidde og se paa, at de pinte din bedste Ven! — det var kjækt gjort af dig — Abraham!"

Men han saa forskræmt op til hende, og for første Gang mærkede hun med Sorg, at han ikke havde fuld Tillid til hende.

I samme Øieblik faldt det hende ogsaa ind, at det var saa sin Sag ligefrem at modarbeide Manden, at lære Sønnen stik imod Faderen; rose ham for det, hun vidste havde bedrøvet og forskrækket den anden.

Fru Wenche havde ofte tænkt sig, at den maatte komme den Stund, da Sønnen fik Øie paa den store Spalte, der var mellem Fader og Moder i de alvorligste Ting.

Men hun havde tænkt paa de store religiøse Spørgsmaal, og hun havde været forberedt. Hun vilde, efterhvert som Abraham blev saa stor, at han trængte til Besked derom, aabent og ærligt sige ham, at hun ingenlunde troede paa alt det, som andre Folk tror paa.

Det var ogsaa begyndt, og hun havde flere Gange talt med ham om saadanne Ting. Vanskeligt var det; men hun haabede dog altid, at stor Ærlighed fra hendes Side maatte gjøre ham det klart, at han i et og alt kunde stole trygt paa hende, om hun ikke just var af Tro som de andre.

Hun syntes ikke, det var Ret at pege for ham paa alt det Hykleri, hun saa og levede i. Professoren tog Abraham med i Kirken, sagde undertiden Vorherre og lignende: men hun vidste jo saa grandgiveligt, at der ikke fandtes Spor af sand Kristendom i ham.

Det kunde hun jo ikke forklare deres Søn, og det var og blev en stor Vanskelighed med det religiøse. Vel syntes ikke Abraham heller at være anderledes grebet af Religionen, end at den som Skolefag maatte kunnes perfekt, og at der hørte en vis Tone til og et vist Ansigt, naar man gik i Kirke.

Men bare dette, at hun kunde høre, naar han for Exempel spurgte: hvorfor gaar du aldrig i Kirken, Mor? — at dette Spørgsmaal kom fra Paavirkninger udenfra; hun mærkede, at andre — hun vidste ikke hvem — gjorde ham opmærksom paa saadant hos hende.

Og alligevel havde hun altid holdt det Haab ilive, at det skulde nok gaa. Ja hun syntes undertiden, at det maatte være godt for Abraham, naar han kom til Tvivlens uundgaaelige Tid, da at have sin egen Moder blandt de Ikketroende; — det maatte — mente hun — anspore ham til et alvorligt Valg og frelse ham fra at forsvinde feigt i det uendelige Mylder af Hyklere.

Men nu dette Skolespørgsmaal, saa lidet i Forhold til vigtigere Ting, men saa betydningsfuldt, fordi — det saa stærkt viste Kløften mellem de to, som sammen eiede denne ene, — hvorledes skulde hun klare det?

Hendes Hjertens Mening var den, at det var et kjækt Træk af Abraham, som hun godt kunde lige ham for; men hun kunde jo ikke stik imod baade Skolen og Faderen rose ham, fordi han havde kaldt Aalbom for en Djævel. Hvis det fra først af ikke var blevet taget saa alvorligt, kunde hun kanske sluppet lempeligere over det med at ruske ham lidt i Haaret og formane ham til Besindighed.

Men som det nu var kommet, var det blevet et Hovedspørgsmaal, og hun formaaede ikke at løse det.

Imidlertid stod Abraham foran hende og forstod, at Moderen var falden i Tanker; og da hun endelig — selv raadvild vendte tilbage og fandt Gutten staaende der ligesaa ængstelig og uvis, da vidste hun ikke andet at gjøre end at tage ham ind i sine Arme, vugge ham frem og tilbage som hun pleiede og hviske udover ham: „Aa du arme lille Abbemand! hvad skal der blive af dig!"

Endnu mere forvirret ved dette, vedblev Abraham at gaa i Spænding. Paa Skolen blev han behandlet som en farlig Forbryder, hvem man dog vil søge at redde ved mild Behandling; selv Aalbom var venlig, saa det gjøs i Abraham.

Kammeraterne roste ham først og spaaede ham de forfærdeligste Straffedomme. Men da det gik af i al Stilhed, og Lærerne vare lige blide mod ham, fandt man ud, at man sagtens kan være modig, naar man er Søn til Professor Løvdahl.

Havde han bare faaet Straf — tænkte Abraham selv; men denne dumpe Høitidelighed, denne underlige Venlighed fra alle Kanter bragte ham tilsidst paa den Tanke, at han vist igrunden var et Udskud, og at de

65

tænkte paa at sende ham bort til en eller anden Anstalt. Han blev ræd og sky og holdt sig for sig selv.

Hans bedste Ven — lille Marius laa forresten syg; han havde faaet Hjernebetændelse. Den gode Rektor besøgte ham næsten hver Dag og var inderligt bekymret for sin lille Professor.

Men hver Gang hans Øine i Timen faldt paa Abraham Løvdahl, stod hin Scene saa levende for ham: Abrahams grænseløse Frækhed forbandt sig saa nøie med lille Marius's ulykkelige Sygdom, at det tilslut kom til at staa saaledes for ham, at det var Abraham Løvdahls Skyld altsammen. Han henvendte næsten aldrig et Ord til ham.

Professoren iagttog hemmeligt sin Søn og overbeviste sig om, at den Maade, han efter Samraad med Skolen havde valgt, ogsaa viste sig virksom. Ofte naar Abraham bleg og forskræmt sneg sig forbi ham i Huset, syntes han hjerteligt Synd i ham; men han tvang sig en lang Tid, indtil han syntes, det kunde være nok.

Da sagde han endelig en Dag: „Vi har nu overveiet Sagen — vi — dine Forældre og Skolen; og vi er kommen til det Resultat, at vi vil prøve at beholde dig og kanske endnu gjøre dig til et godt og brugbart Menneske."

Abraham kastede sig ind til Faderen og hulkede høit. De havde tilslut næsten skræmt Vetet af ham; han havde tænkt, at han skulde sendes bort til Fremmede; han havde tænkt — ja hvad for gyselige Ting havde han ikke tænkt i vaagne Tider i Sengen. Og nu, da han fik blive, syntes han, at Faderens Naade og Mildhed var saa overvældende.

Professoren gav Indtrykket Tid til at fæstne sig og sagde saa: „Ja lad os nu haabe med Vorherres Bistand, at du ikke oftere skal volde os saa stor en Sorg."

Nei det skulde Abraham vist ikkel han følte sig saa knækket og sønderknust og saa taknemlig over Tilgivelsen; der skulde vist aldrig mere komme et Kny af Trods fra ham. —

— Men hjemme i Fru Gottwalds smaa Stuer var der stille og trist; Dørklokken var omviklet og hun havde taget en Jomfru til Hjælp i Butiken.

Thi det blev værre med lille Marius. Doktor Bentzen havde sagt til Professor Løvdahl, at man bare maatte ønske, at Gutten fik dø; han vilde aldrig faa sin Forstand igjen.

Dette vidste ikke Fru Gottwald; og Nat og Dag gjentog hun for sig selv: han maa ikke dø, han maa ikke dø. Det var jo umuligt og utænkeligt, at det eneste, hun havde, skulde slides fra hende; hun havde dog lidt saa meget.

Lille Marius laa og knyttede Rotteknuder paa sit Lagen, varm i Hovedet med halvlukkede Øine. Han mumlede næsten hele Tiden Declinationer og Conjugationer og Regler og Undtagelser, — hans stakkels Hjerne var helt indhyllet i Madvigs folderige Omsvøb, og han famlede ængstelig omkring i Mørket.

Det var lyse, smukke Vaardage — ret et Veir til at haabe i, og Fru Gottwald gik til og fra; bestandigt vilde hun se en Forbedring.

Men en Aften blev det hende klart, at det gik mod Slutten. Lille Marius blev urolig og mumlede fortere og fortere.

„Lille Marius — søde lille Marius! du maa ikke dø fra din Mor; du maa ikke, for du ved slet ikke, hvad du er for din Moder; sig, at du vil ikke gaa fra mig, — sig det! —"

„Monebor
moneberis
monebitur,
monebimur
monebimini
monebuntur," svarede lille Marius. —

„Ja — du er flink Gut! — du er den flinkeste i hele Klassen i Latin, det sagde Rektoren idag igjen, da han var her. Men du kjendte ham ikke; men du kjender mig — ikke sandt? lille Marius! du kjender Mor? — sig — ikke sandt? — du kjender mig?"

„Ad, adversus, ante, apud, circa, circiter," begyndte lille Marius.

„Nei, nei! kjære lille Marius! — ikke Latin, saa er du sød. Jeg ved nok, hvor flink du er, og jeg er saa dum — ved du. Men sig mig bare, at du kjender mig, at du er glad i mig, at du ikke vil gaa fra mig, at jeg er din søde Mor, sig bare det, — sig bare: søde Mor, — sig bare: Mor —"

„— fallo, fefelli, falsum," svarede lille Marius.

„O min Gud! min Gud! dette skrækkelige Sprog! hvad har de gjort min stakkels Dreng! — han vil dø uden at nævne sin Moders Navn, hans elendige, forfængelige Mor, som har taget Livet af ham med denne forbandede Lærdom!"

Hun styrtede ud i Gangen i det Haab, at det var Doktoren; men det var bare en af de Logerende ovenpaa, som kom hjem.

Hun vendte da tilbage til Sovekammeret; men i Døren slog hun Hænderne sammen og raabte i stor Glæde:

„O Gud være lovet! nu har du det vist meget bedre — lille Marius! du smiler saa fornøiet."

„Mensa rotunda," svarede lille Marius og døde. —

67

VIII.

Michal Mordtmann havde faaet for Vane at gaa indom til Fru Wenche, naar han kom fra Fabriken efter Klokken tolv.

Der var en stor Arbeidsstyrke sat igang med de vidtløftige Rydningsarbeider; der skulde lægges solide Stenkaier langs Stranden, Skorstene og Grundmure skulde opføres til de utallige Bygninger.

Aktieselskabet var dannet paa et Grundfond af 100,000 Spd., og Byen var tilsidst bleven saa modig, at man besluttede ikke at indbyde det engelske Hus til Tegning af Aktier, siden det havde holdt sig saa fornemt tilbage.

Hele Kapitalen blev saaledes indenbys; og Fabriken „Fortuna", som den døbtes i megen Champagne, blev Byens Stolthed og Kjæledægge.

Mordtmann var glad og fuld af Haab. Aldrig havde han været saa tilfreds med sig selv og med alle. Fra den underordnede Stilling i det fremmede Land var han avanceret til Førstemand i et nyt Foretagende, som han selv skulde lede fra Begyndelsen af.

Da hverken Direktører eller Aktionærer havde det ringeste Skjøn paa Tingen, blev han snart et rent Orakel; og han sparede hellerikke paa Effekten. Hvor hans Kundskaber ikke strakte til. var han ikke ræd for at smøre paa med store Ord, som fuldkommen duperede alle.

En stor Mængde Arbeidsfolk fik fast Arbeide; han udbetalte Lønningerne om Lørdagen; Konerne kom til ham om Forskud, og han blev i kort Tid kjendt og afholdt baade blandt Smaafolk og blandt de store. Kun i Embedskredsene og i nogle gamle stokreaktionære Huse beholdt man en dyb Afsky for ham; og d e r blev ogsaa Professor Løvdahl beklaget, fordi hans Kone trak det Slags Personer til Huset.

Men Mordtmann brød sig ikke om det; han kjendte sig sund og glad, naar han tidligt om Morgenen i de smukke Sommermaaneder gik til sin Fabrik, — et lidet Stykke udenfor Bygrænsen. Arbeiderne vare ikke som de engelske, der kun tænkte paa Arbeidet. Herhjemme tog de Huen helt af og sagde Godmorgen og gav sig god Tid til en liden Sladder, hvis han vilde.

Der var ogsaa noget stolt i at se alt dette voxe op og ordne sig efter hans Plan; de mange, besynderlige Bygninger, der af Byen betragtedes som Vidundere af hans Sindrighed; hele dette storartede Anlæg, med ubegrænset Overkommando og Overflod paa Penge var nok noget, en ung, virkelysten Mand kunde være glad ved at have mellem Hænderne.

Og dog var det noget helt andet, som lidt efter lidt blev ham kjærere end alt; det var Besøgene hos Fru Wenche.

Han havde ikke gjort mange Damebekjendtskaber i Byen; hans Forretning havde fra først af bare bragt ham i Berøring med Mænd; og nu da han virkelig havde faaet saa meget at varetage, at hans Dag var fuldt optaget, fandt han ikke Anledning eller Opfordring til at søge større Selskabelighed end Klubben og Professor Løvdahl.

Men desto stadigere var han i Professorens Hus. Det var engang for alle blevet sagt ham, at han var velkommen til enhver Tid; og Mordtmann havde al Grund til at formode, at det var oprigtigt ment af Professoren; han var bestandig elskværdig og forekommende.

Alligevel var det jo tydeligt, at det var Fruen, han besøgte, og hun mærkede det selv. Hver Dag mellem tolv og et ventede hun ham til et Glas Vin, som han drak, mens de passiarede muntert sammen en halv Times Tid.

Men naar det var Regn og stygt Veir, kom han bare hen til Ruden og viste hende sine tilsølede Støvler og sin vaade Trøie, og da blev det gjerne aftalt, at han skulde komme om Aftenen.

Fru Wenche havde sat sig paa det Punkt, at hun behandlede ham lidt moderligt, hvilket hun paa Grund af sin Stilling ikke havde saa vanskeligt for, skjønt der jo igrunden ikke var nogen Aldersforskjel at tale om.

Han ligte det ikke; men havde endnu ikke Mod til at forlange det anderledes; og hun holdt ham i en spøgefuld Tone, som kunde lade mangt et Ord og mangt et Øiekast passere for mindre end det virkelig var.

Hun syntes altfor godt om ham og satte altfor megen Pris paa hans Selskab til at ville forstaa denne Kur, han gjorde til hende. Havde hun nu ikke i mange Aar havt Overlærer Abel sukkendes omkring sig; og han havde saamænd aldrig generet hende det mindste.

Mordtmann var jo ganske vist noget helt andet end Abel; men alligevel! — hun var Skam ikke ræd — hverken for, hvad hun selv gjorde, eller for, hvad de andre sagde.

Hellerikke for sin Mands Vedkommende nærede hun nogen Betænkelighed; han havde aldrig vist Spor af Skinsyge. Ligefra de blev gifte, havde Carsten Løvdahl været Elskværdigheden selv mod de unge Mandfolk, som efterhaanden nærmede sig — tiltrukne ved hendes Skjønhed og Livlighed.

En enkelt Gang havde endog Fru Wenche fundet, at han gik vel vidt i sin Liberalitet; men bagefter maatte hun bestandig indrømme, at hans kloge og besindige Opførsel bragte meget til at jævne sig, som ellers kunde blevet broget nok.

Selv var hun aldrig bleven alvorligt forstyrret — kanske meget derfor, at det gik saa stille og tvangfrit. Og det uagtet hun ikke havde været længe gift med Carsten Løvdahl, inden hun mærkede, hvor lidet de samstemmede i meget.

Han var saa forsigtig, saa irriterende korrekt, at hun ofte syntes, han var baade feig og upaalidelig. Men Samtidigt var der noget fint og chevaleresk i hans Karakter, som bestandig havde holdt ham oppe i hendes Øine. Og om hun end ikke satte ham saa særdeles høit, og om han end ikke var hende saa meget, saa var der dog paa den anden Side aldrig kommet saa stor Tomhed i hende, at hun helt vendte sig fra ham.

Og nu var hun jo gammel! — en halvvoxen Søn; erfaren og sat var hun; hvorfor skulde hun gjøre sig Skrupler? — var det ikke snarere lidt latterligt af hende, at hun endnu indbildte sig at være saa farlig?

Altsaa lod hun Folk snakke, — og det gjorde de, — og overlod sig uden Betænkelighed til den behagelige Fornemmelse at have til daglig Ven en smuk, en dannet og en fordomsfri Mand, som med Beundring hørte paa alt det, hendes Mand pleiede at kalde overspændte Ideer.

Men derved stjal hun — uden at vide det fra Abraham. Hun mærkede det endmindre nu, da det faldt sammen med den Forandring, som var foregaaet med Gutten. Han havde ikke længer hundrede Spørgsmaal, forlangte hellerikke mere, at hun skulde lege med ham eller spille Dam; og desuden havde hun ikke endnu overvundet en Følelse af Usikkerhed overfor ham, saa hun søgte ham kanske lidt mindre frit og muntert. —

— Ved lille Marius's Begravelse havde Fru Gottwald ytret Ønske om, at Abraham skulde gaa lige bagefter Kisten ved Siden af Præsten: han var lille Marius's bedste Ven; og hun havde jo ikke en eneste Slægtning.

Men Rektor havde sat sig derimod: Abraham maatte kun faa Lov til at følge i Flok med sine Kammerater; og han burde være glad ved, at han fik Lov til det.

Tilslut kom det til, at hele Skolen og derigjennem en stor Del af Byen beholdt et dunkelt Indtryk af, at der var noget iveien med den Abraham Løvdahl.

Professoren maatte tvinge sig for ikke at tilgive sin Søn for tidligt; han var saa glad over, hvor velgjørende hans Methode havde vist sig, og følte igrunden saa megen Medlidenhed med den stakkels Gut, som gik saa alene med alles Øine efter sig. Tilslut kunde han ikke holde sig længer og begyndte med smaa Smil og venlige Ord.

De faldt over Abraham disse første Smil som en Regn af Lyksalighed. Der var dog alligevel ingen som Faderen; og mindre end nogensinde kunde han forstaa, hvorledes han havde kunnet volde en saadan Fader saa stor en Sorg.

Nu begyndte han i de mindste Smaating at prøve, om han kunde opnaa lidt Ros; han blev opmærksom og tjenstvillig ved Bordet, satte Professorens Tøfler frem om Aftenen; og da nu Hovedexamen kom, læste han mer end han nogensinde havde læst.

Ved den høitidelige Examensfest pleiede Fru Wenche altid at være med. Lige fra hendes Søn var ganske liden, havde det været hende en Fornøielse at sidde og vente paa hans Navn, se ham komme frem foran Kathederet, modtage den store Karakterseddel og gjøre sit lille Buk, hvori hun altid selv deltog med Hovedet.

Men da hun iaar saa sin Mand tage hvidt Halstørklæde paa, for at være Ephor, — før havde hun altid troet, han gik ligesom hun af Interesse for deres lille Abraham, saa forekom det hende saa usselt, at Forældrene mødte op denne ene Gang til Afslutningsfesten; medens de ellers lod de arme Børn gaa for Lud og koldt Vand hele Aaret igjennem.

Hun vilde ikke længer deltage i dette Spilfægteri og se sin Mand sidde paa høiryggel Stol ved Siden af Byfogden som Udtryk for Forældrenes Delagtighed i Skolen; eiheller vilde hun blande sine Taarer med de mange tankeløse Mødres, der sad og græd over Rektorens smukke Ord, naar han talte rørende om Skolen og Hjemmet og Hjemmet histoppe.

Derfor lod hun Professoren gaa alene med Abraham uden at give nogen Grund; men Professoren forstod og spurgte derfor ikke.

Imidlertid truede hendes Formiddag med at blive meget kjedelig; hun havde alligevel lidt Lyst til denne Skolefest; men hun var bestemt, hun vilde ikke. Tilslut tog hun Hat og Parasol, for at gaa en lang Tur; det var den 13de Juni og klart friskt Sommerveir med Nordenvind.

Hun gik udover mod den nye Fabrik. Michal Nlordtmann havde saa ofte bedt hende se derud, forat han kunde faa vise hende alle sine Herligheder.

Hun gik afsted uden Betænkelighed; det var jo en ærlig Sag; alle Mennesker havde været der og desuden — hvad brød hun sig om det?

Alligevel var hun ikke fri for lidt Hjertebanken, da hun stod paa Høiden og skulde stige ned i den Bugt mellem Bakkerne, hvor De nye Bygninger vare reiste.

Hun opdagede ham allerede paa lang Afstand. Han stod helt nede ved Kaien paa en svær huggen Granitblok; i den ene Haand holdt han en Rulle Tegninger, med den anden pegte han, medens han kommanderede Arbeiderne, der var ifærd med at hive Jernplader op af en Førebaad med den nye Svingkran.

Den graa Sommerdragt sad stramt om hans slanke Figur; paa Hovedet

71

bar han en umulig, engelsk Hat, som klædte ham fortræffeligt, Knæbuxer, og istedetfor de lange Støvler gik han ianledning af det varme, tørre Veir paa Seildugssko med gule Remmer.

Man kunde ikke tænke sig „Arbeidet" i en elegantere Form; og som han stod der paa det solide Fodstykke saa intelligent og overlegen med sin Rulle Tegninger, saa han ganske ud som en Ingeniør nutildags bør se ud.

Da han anden Gang saa hen paa hende, sprang han ned af Stenen: thi da han første Gang opdagede hende øverst i Bakken, var han sprunget op paa Stenen. Han ilede hen til hende og ønskede hende glad velkommen i hans Kongerige; og strax vilde han begynde at vise hende omkring.

„Men jeg syntes, De havde travlt; kan De saadan uden videre gaa fra Arbeidet? — De maa ikke for min Skyld —"

„Aa — det er ikke saa farligt; nu har jeg sat dem igang, saa klarer de det nok uden mig."

Ja — det var et sandt Ord! — tænkte Arbeiderne; de havde ikke forstaaet, hvorfor Chefen — som han skulde kaldes — med en Gang sprang op paa Stenen og begyndte at raabe og kommandere; men da de saa Damen, forstod de det jo alle.

De to gik sammen op imellem Bygningerne, og han begyndte at forklare. Det morede hende at se alle de mærkelige Indretninger, og det morede ham overmaade at høre hendes bagvendte Spørgsmaal.

De lo derfor meget og kom i en munter utvungen Stemning tilslut til Kontorbygningen, hvor han nødte hende til at gaa ind, for at smage hans Portvin.

Fabrikens Klokke havde imidlertid ringet tolv, og Arbeidsfolkene gik i flokkevis enten ind til Byen eller opimod Arbeiderboligen, hvor der var et Spiselokale.

Kontorpersonalet var ogsaa forsvundet, da Chefen og Fru Wenche kom til Kontorbygningen. Gangen, som førte til Chefens private Værelse, var belemret med endel Maskingreier af Staal og blankt Messing, som foreløbig var opstillet her, for at være afveien og i Sikkerhed; Mordtmann gjorde Undskyldning, fordi der var saa trangt.

Chefens Kontor var det eneste af Fabriken, som syntes at være ganske færdigt — engelsk, komfortabelt og smukt udstyret.

Da Fru Wenche satte sig i den grønne, skindbetrukne Sofa, blev hun imidlertid lidt betænkelig. Der var blevet saa stille og mennesketomt, hverken Larm af Jemplader eller Hammerslag, ingen Stemmer, — kun et enkelt hastigt Fodtrin, som løb til Maden.

„Jeg maa forresten snart gaa," sagde hun og løste sin Hat; det var varmt.

„Aa — Herregud! — vi har Tiden for os; Deres Mand venter Dem da vist ikke hjem før til Middagsbordet?"

„Nei — Carsten er desuden Ephor idag," svarede hun muntert, men angrede det i samme Øieblik; thi hun saa, at den anden strax greb det som noget ved Manden, de to pleiede at le sammen af; og det var ikke Meningen.

„Deres Mand er vist idetheletaget mere optaget end han burde være?"

„— mere optaget?"

„Jeg mener, — naar man har en Kone som Dem — Fru Wenche! — den Mand, der var saa lykkelig, synes mig at skylde —"

„Saa — saa! — Mr. Mordtmann! De ved: korrekt!"

„Det er jo netop Dem — Frue! som ikke vil have mig korrekt!"

„Ja men nu vil jeg have det; — paa dette Punkt — De forstaar?"

„Jeg forstaar ikke; men jeg adlyder. Der gives overhovedet ikke den Ting, som et Ord fra Dem —"

„Spild ikke Deres Ord, men drik Deres Vin."

„For Kjærlighed er Vin kun daarlig Medicin — Fru Wenche!"

„Bah" — svarede hun og undveg hans Øine, idet hun igjen satte sin Hat tilrette.

„De vil gaa? — De er vred paa mig?"

„Nei, det er jeg ikke, men jeg er bange, jeg bliver det snart."

„Men hvorfor? — forbyde mig kan De dog ikke, — at jeg holder af Dem. —"

„Hr. Mordtmann! det er stygt af Dem, og det er saa dumt af Dem, at De har forspildt vort Venskab! lad mig komme ud."

„Jeg har intet sagt, som De ikke vidste før," svarede han ærbødig og nedslagen, idet han aabnede Døren for hende; „maa jeg følge Dem indover til Byen?"

„Nei!" svarede Fru Wenche og gik forbi ham; men i sin Iver for at se bister ud og komme fort afsted, stødte hun mod de Maskindele, som stod i Gangen; der blev en Skraben, somom noget truede med at rave overende; og pludseligt greb han hende om Livet og rev hende ind i Stuen igjen; idetsamme faldt et tungt Stempel — eller hvad det var — indover Dørtærskelen.

„Undskyld!" sagde han roligt og løftede den tunge Tingest op mod Væggen igjen; „det er igrunden for galt, at disse Ting staar her; tag Dem nu iagt — Frue! og hold Dem nær Væggen."

73

„Men Herregud!" raabte Fru Wenche, som endnu var ganske forskrækket og meget imponeret ved den Ro, hvormed han tog det! „Jeg kunde jo været dræbt paa Stedet! — det var et farligt Hus!"

„Og et høist ulykkeligt Besøg," tilføiede han med et Buk, da Fruen gik ud af Gadedøren.

Hun blev staaende ude paa Stentrappen og trak sine Handsker paa.

„Nu — hvorledes bliver det?" — spurgte hun uden at vende sig; „gaar De med til Byen eller ikke?"

„De sagde jo selv —"

„Ja — men siden den Tid har De reddet mit Liv," sagde hun leende; „og desuden: naturligvis ikke et Ord mere om d e t!"

Han lovede alt og løb efter sin Hat.

Til Fru Wenches Overraskelse holdt han ogsaa Ord; han talte muntert og ligefrem uden Spor af Forsøg paa at understrege noget; ikke engang i hans Øine, da de skiltes, var der noget, som kunde være hende pinligt.

Fru Wenche var meget tilfreds med sig selv; nu havde hun en Gang for alle vist ham tilrette. Og hun var tilfreds med ham ogsaa. Han havde forstaaet, det nyttede ikke noget; og saa vilde hun kunne beholde ham i Ro paa den behagelige, frie Maade uden denne stadige Ængstelse for, at han skulde gaa over Stregen.

Hun kom hjem i det ypperligste Humør; paa lang Tid havde hun ikke følt sig saa glad og ung og let; — hendes Samvittighed var ogsaa lettet, fordi hun havde sagt ham ren Besked; saa var den Sag iorden!

Hun satte sig til at spille, mens hun ventede paa Professoren og Abraham; men hun reiste sig igjen og ordnede sit Haar foran Speilet. Hun sang saa smaat. —

— Imidlertid havde Abraham siddet indeklemt blandt sine Kammerater og Professoren ved Siden af Byfogden. Skolens store Festsal var pakkende fuld af Børn og Voxne, en ulidelig Varme og blandede Dunster.

Den utrættelige Rektor stod paa Kathederet og uddelte Karaktersedlerne, raabende hver Gut op i den Orden, hvori han var omflyttet.

Først kom nogle foreløbige Ord til Dimittenderne, som skulde afgaa til Universitetet; derpaa begyndte øverste Parti af 4de Latinklasse, og saa kom nederste, de, som vare opflyttede til 3die Latin.

„Hans Egede Borch!" — raabte Rektor, det var Duxen; men den næste blev Abraham Knorr Løvdahl.

Abraham for iveiret; han havde ikke drømt om at blive Nummer 2, skjønt han havde været heldig til Examen. Det varede en Stund, inden han kunde komme frem fra Bænken. Professoren fulgte ham med Øinene, for at nikke til ham; men Abraham saa ikke op.

Rektoren rakte ham Karakter-seddelen med de Ord: „Du har været flittig — Abraham! og det er derfor gaaet dig godt til Examen; maatte vi — dine Lærere ogsaa i andre Henseender blive tilfredse, — mere tilfredse med dig i det kommende Skoleaar."

Al Abrahams Glæde var forbi; han famlede sig tilbage til sin Plads; og det forekom ham, somom der blev ganske koldt og dødsstille i Salen af alle de kolde Øine, som mødtes paa hans syndige Hoved.

Professor Løvdahl rømmede sig lidt skarpt; nu kunde det snart være nok; han syntes ikke netop om, at hans Søn saaledes blev mærket offentlig.

Videre gik Oplæsningen af Karaktererne; Fædre og Mødre lyttede spændt, indtil det kom — det Navn, de ventede paa. Da oplivedes deres Ansigter det Øieblik, mens den kjære Søn var fremme for Kathederet; men efterpaa sank alle hen i Ligegyldighed — varme — ubehagelige —; bare det vilde faa Ende, saa Rektor kunde komme til at holde sin Tale.

Men for de Smaa var Karakteroplæsningen noget helt andet. Ærgjerrighed og Forfængelighed, Skuffelse og Fortvivlelse — helt ned til Følelsesløshed; Misundelse og Had, Hovmod og Skadefryd — helt op til Hevntørst — alt dette passerede gjennem de tætpakkede Rækker af smaa Hoveder; det var en hel Indøvelse for Livet i at albue sig frem, komme over hinanden — om saa blot et eneste Nummer; Lighed og Kammeratskab skulde glemmes, for at vænne dem til at tænke sig i Kamp med de andre om Rang og Ros; de lærte at misunde opad og at foragte nedad.

Og medens der i hele det lange Aar intetsomhelst var sagt eller gjort, forat den møisommelige Erhvervelse af Kundskab kunde blive et Fællesarbeide i Glæde og Broderlighed, saaledes blev der hellerikke nu ved Afslutningen med et Ord talt om Kundskaben, som avler Lighed og Brodersind; men selve denne Kundskab blev tværtimod brugt til omhyggeligt at rangere og nummerere dem alle — opover og nedover.

Endelig var de 319 Karaktersedler læste og fordelte, Rektor tørrede sin skaldede Pande og belønnede sig selv med et halvt Lod Snus i hvert Næsebor.

Derpaa begyndte han sin store Tale med at sige Farvel til Dimittenderne — fire lange blege Ynglinge i fire lange Frakker, der saa ud, somom de vare udskaarne af en stiv sort Materie.

Dersom Træet skulde kjendes paa sine Frugter, kunde det synes noget

75

underligt, at dette store lærde Apparat med de mange og overfyldte Klasser, ikke afleverede mere end disse fire Specimina til det høie Universitet.

Men Reisen til Parnas er lang og besværlig; der falder saa mange bort underveis; men derfor er det ogsaa en Kraftextrakt — de, som naar Maalet.

Rektor vilde ønske, at de fire Specimina vilde gjøre Skolen Ære; men fremfor alt vilde han bede dem bevare det barnlige Sind og den barnlige Tro, som de modtog fra Skolen. Dernæst udviklede han Skolens Begreb og valgte til Udgangspunkt den oprindelige Betydning af Ordet: „En Skole" — sagde han — „blev Navnet paa det Fristed, hvor Ungdommen — endnu uberørt af Livets Sorger —."

„Det er Fanden til Fristed — du!" mumlede Morten Kruse og puffede til Abraham.

Men denne rørte sig ikke og forandrede ikke en Mine; han var saa ræd, nogen skulde tro, det var ham, som sad urolig. Nu tænkte Abraham mest paa, at han var bleven Nummer 2, saa høit oppe havde han aldrig været; og imidlertid udviklede Rektoren, hvorledes Skolen var en Forberedelse til Livet, hvorledes den fremfor alt var Dannelsen til S æ d e l i g h e d .

„Dette Udtryk," fortsatte han, „som hos vore gamle Læremestere — de Grækere og Romere — betegnede Dannelsens høieste og ædleste, er kun en svag Betegnelse for det Dannelsens Endemaal, som vi bør have for Øie. Thi over os lyser Aabenbaringens Sol; vi skimter ikke blot gjennem Jordlivets Taager en høiere Tilværelse hinsides dette Liv: men for os er en Udsigt aabnet — lys og fri og herlig til et himmelsk Fædreland. Det er altsaa ikke blot til Borgere, ikke blot til Mennesker, men først og fremst til K r i s t n e , vore Unge skulle dannes. Ved Religionens Lys skal Videnskaben belyses, dens Sandheder skulle alle i hin have sin Udgang, sin Betydning, sit Endemaal."

De Smaa bukkede under for Søvnen, for Varmen, for denne lange Tale, der var ligesaa kjedelig som en Præken. Sommersolen skinnede tværs igjennem de tynde, blaa Gardiner, saa der faldt et blegblaat Dødningelys over den sorte Gruppe af Lærere, som havde samlet sig tilvenstre for Kathederet.

Pindsvinet stod opreist og sov, — det var et Skolesagn, at han kunde det —; Overlærer Abel lorgnetterede Damerne, Adjunkt Borring havde trukket sig inderst ind i Krogen og lurede sig til at skjære en Fjærpen; men Blindtarmen stod i Tanker og skar de frygteligste Grimacer til Rektorens kristelige Tale, hvilket i høi Grad morede hans kjære Disciple.

Men alle saa de ud, somom de vare inderligt kjede af det hele og længtede efter at faa Ende paa Komedien.

„Og I — mine kjære Medarbeidere!" sagde Rektor med bevæget Stemme, „I som have helliget Eder til det besværlige, men og skjønne Kald at veilede Ungdommen i Kundskab og Sædelighed i den samme kristelige Aand, maatte den Almægtige fremdeles forunde Eder Styrke til med samme Nidkjærhed, med samme Alvor, med samme Kjærlighed at røgte Eders ansvarsfulde Livsgjerning. Modtager min og Skolens Tak for det forløbne Aar; og give Gud, at vi maa mødes sunde og karske her igjen, for atter at lægge Haand paa Værket i Jesu Navn."

Dernæst vendte han sig til de Smaa, og bad dem saa indstændigt at lægge Vind paa alle kristelige Dyder, og arbeide i det Godes Tjeneste, som det sømmer sig Lysets Børn.

Her var det især Mødrene tog paa at græde; og den gode Rektor talte videre om Barnet, Barnehjertet og Barnetroen. Efter en varm Slutningsbøn reiste hele Skolen sig og sang:

„Besku vor Id med Faderøie, "
Du, som selv Verdner grunde kan" —

hvorpaa Rektor endnu bad et Fader vor, og saa var Festen endelig forbi.

Trængselen var stor, for at komme ud; thi ingen Magt kunde længer holde paa Gutterne. Uagtet Ordren var, at Eleverne skulde vente, indtil Damerne og Tilhørerne havde forladt Salen, og da først begive sig bort i god Orden og klassevis, saa løb dog flere og flere fra Pladsen og borede sig ind blandt Damerne og forsvandt.

Varme og forgrædte væltede Mødrene endelig ud — af Fædre var der yderst faa —; det gjorde saa godt at se Ungdommen saaledes samlet, og hvor deiligt og alvorligt Rektoren talte. Han kunde rigtignok gjerne have sparet sig en Hentydning, han kom med paa Slutten: at der herskede adskillig Ligegyldighed for Skolens Gjerning blandt Forældrene. Det var da ialfald noget, som ikke passede paa nogen af dem; snarere kunde det være sagt til de Forældre, som ikke mødte frem, — for Exempel til Fru Løvdahl. Det var dog altfor galt, naar hendes Mand til og med var Ephor! Men hun kom nu aldrig der, hvor der var et Guds Ord at høre.

Børn og Voxne strømmede ud i Skolegaarden; skikkelige Gutter gik pent ved Siden af sine Forældre med Karakter-Seddelen sammenlagt i Haanden, andre gik bag Huset og sønderrev sin og trampede paa den; nogle styrtede afsted med Skrig og Indianerhop; men de fire udskaarne sorte Frakker gik bagefter Lærernes Flok, for at drikke et lidet Glas Vin oppe i Rektorens Dagligstue.

Abraham gik hjem med sin Fader. Professor Løvdahl var bevæget.

77

Mens de gik Side om Side, sagde han til ham: „Du har været flink Gut
— Abraham! og jeg ser deraf, at du bestræber dig for at rette det, som
var galt med dig; og saa taler vi ikke mere om den Ting. Jeg skal ogsaa
lade et Ord falde til Rektoren, at han ikke mere rører ved den Sag."

Abraham styrtede ind i Stuerne og raabte: „Mor — Mor! — jeg er bleven
Nummer to!"

Fru Wenche kom ham løbende imøde ligesaa straalende; hun tog ham
og kyssede ham og dansede med ham; og da Professoren kom ind med
det sædvanlige: Hys — Børn! lo hun bare, tog sin Søns Arm og gik
tilbords.

Professoren vilde have Vin, og det blev en liden Familiefest. Abraham
følte sig saa let som en Fugl; og da Professoren klinkede med ham,
syntes han, at Faderen var dog det største og herligste Menneske i
Verden.

Men idag følte han sig ogsaa saa hendraget til Moderen som han ikke
havde været paa lang Tid. Igrunden holdt han dog lige meget af dem
begge, og han svømmede i Lyksalighed, medens det, som var
gjennemgaaet, blev til en mørk Erindring, han vilde glemme og udslette.

„Ja er det ikke som jeg siger," udbrød Professoren, da hun fortalte, hvor
hun havde været, „den Fabrik har du dog en varm Interesse for."

Hun bare lo og sagde ikke imod; idag var hun saa besynderlig let og
lykkelig. —

IX

Abrahams Konfirmation var bestandig bleven udsat eller rettere: der var
aldrig bleven talt om den Ting.

Thi Professoren vidste altfor godt, at Fru Wenche af al Magt vilde
modsætte sig, og ligefra Sønnen var liden havde hun sagt: konfirmeres
skal han ikke.

Hendes Mand havde bøiet af og tiet; han tænkte som saa: den Tid, den
Sorg; og det var ikke hans Manér at tage nogen Ubehagelighed, førend
den ikke længer paa nogen Maade lod sig undgaa. Derfor havde han
ladet Sagen bero, lige til Abraham nu gik i sit sextende Aar, hvilket var
en sen Konfirmationsalder efter Stedets Skik.

Men nu til Høsten skulde han indskrives; thi konfirmeres skulde han —
det stod ligesaa fast for Professoren som det modsatte for Fruen.

En Morgenstund, mens de klædte sig paa, — Abraham var netop gaaet
til Skolen, begyndte Professoren stille og selvfølgeligt:

„Ja nu tænker jeg, vi faar lade Ahraham indskrive hos Provsten Sparre i næste Maaned."

„Indskrive? — hos Sparre? — hvad ialverden er det, du siger?" Fru Wenche vendte sig hurtigt om paa Stolen; hun sad foran Speilet og greiede sit store Haar.

„Til Konfirmation — min Ven! du husker vist ikke, at han snart er sexten Aar?"

„Det er nok snarere du, som ikke husker, at det bestandig har været en Aftale mellem os at Abraham ikke skal konfirmeres."

„Aftale? — nei Wenche! det har der aldrig været."

„Men har jeg da ikke hundrede Gange sagt: han skal ikke konfirmeres?"

„Jo, men det er ingen Aftale."

„Men du har ogsaa været enig med mig; du har aldrig sagt et Ord imod."

„Jeg har aldrig spildt et Ord paa Sagen, saalænge den ikke forelaa. Men du maa paa din Side vist indrømme, at du ifølge dit Kjendskab til mig kunde være fuldt og fast overbevist om, at jeg vilde, Gutten skulde konfirmeres overensstemmende med Skik og Brug."

„At du kan komme med Skik og Brug — Carsten! i saa alvorlig en Sag."

„Lad os prøve at tale om denne alvorlige Sag uden Heftighed — kjære Wenche; thi Heftighed kommer der aldrig noget godt ud af. Betænk altsaa, om du har Ret til at sætte din Søn i et Undtagelsesforhold, som paa mange Maader vil være ham til Plage og Hindring i Livet."

„Det er netop den store Velgjerning, jeg vil vise min Søn, at gjøre ham til en Undtagelse blandt alle de andre Hyklere og Løgnere."

„Store Ord — lille Wenche! du synes mig at mene, at din Søn ikke kan være og aldrig kan blive andet end et Stykke af dig selv."

„Hvad mener du?"

„Har du aldrig tænkt dig den Mulighed, at Abraham kunde blive kristen? Ja — jeg ved, hvad du vil sige: du tror nu engang ikke stort paa min Kristendom; men kan du ikke forestille dig, at Abraham maaske kunde blive en oprigtig Kristen?"

„Jo" — svarede Fru Wenche tankefuld og saa hen for sig; „det har jeg mangengang tænkt paa; og du maa ikke tro, jeg vilde modarbeide det eller betragte det som nogen Ulykke for ham eller os. Det er jo netop Oprigtigheden, som er alt for mig. Halvhed, Løgn og Hykleri — det er det, jeg vil prøve at holde ude af min Søns Liv."

„Ja, men naar du vil fuld Oprigtighed, saa maa du ogsaa indrømme fuld

Frihed."

„Det gjør jeg ogsaa; han maa gjerne vælge —"

„Nei — undskyld! du indrømmer ham ikke fuld Frihed til at vælge, naar du udelukker ham fra — eller lade ham springe over et Udviklingstrin, som hele den øvrige Ungdom faar gjennemgaa."

„Men selve dette Udviklingstrin — som du kalder det, er jo netop Porten til Løgnen: — det er min faste Tro."

„Det tvivler jeg ikke paa — Wenche! der kan vist ogsaa være adskilligt at indvende mod Konfirmationen; men her er nu ikke Tale om din Tro, hellerikke om min, men om Abrahams. Det er ikke, fordi jeg selv er — hml — —," deres Øine mødtes i Speilet; „nuvel — jeg er nu engang ikke religiøst anlagt saaledes som du, og det er saaledes ikke af den Grund, jeg kræver min Søn opdraget i Kristendom. Men hverken du eller jeg har efter mit Skjøn Ret til at berøve ham noget, der kan klare Valget for ham, eller tvinge ham til noget, der kan umuliggjøre hans Valg. Hvorledes kan vi da handle retsindigt mod vor Søn uden derved, at vi siger til ham: vil du gjøre denne Prøve med dig selv? — eller har du allerede paa Forhaand valgt?"

„Nu forvrænger du det — Carsten."

„Nei, jeg gjør ikke. Abraham er stor nok til at forstaa, hvad det gjælder; derfor har jeg ventet saa længe; lad ham faa vælge selv, om han vil konfirmeres eller ikke. Det synes jeg netop, at du med din stærke Følelse for Frihed og Retfærdighed maa bifalde."

„Nuvel! — lad ham vælge!" raabte Fru Wenche; men strax efter tilføiede hun: „aa nei! hvad kan det nytte? saadan en Gut! — han vælger naturligvis at være som de andre, for at være i Fred; nei — nei — Carsten! — det er stor Synd af os, om vi med aabne Øine sender vor Søn lige ind i Løgnen og Fusket."

„Sig mig — Wenche! hvor længe har du tænkt at vedblive med at vælge for din Søn? — vil du ogsaa i sin Tid vælge Kone for ham?"

„Snak — Carsten! — det er jo netop jeg, som bestandig holder paa, at han skal have sin Frihed."

„Det er en besynderlig Frihed! — hvis nu Abraham virkelig ønsker at konfirmeres —"

„Saa er det, fordi han ikke har bedre Forstand nu!"

„Og naar han saa om nogle Aar ikke har bedre Forstand, end at han vil tage en Kone, om hvem du er fuldt og fast overbevist — saaledes som du pleier at være det —, at hun vil gjøre din Søn grændseløst ulykkelig — hvad saa?"

„Det er virkelig en Plage at snakke med dig — Carsten! for du blander alting sammen."

„Lad os nu ikke blive heftige til ingen Nytte. Nu syntes jeg, vi talte saa godt og roligt om dette. Mon det er mig, som blander sammen? skulde det ikke heller være muligt, at du i din store Kjærlighed til Abraham uvilkaarligt indblander noget af det Tyranni — undskyld som er uadskilleligt fra al Kjærlighed? Mon du ikke i din Iver for at skaffe ham det bedste, bestandig vil vælge for ham? medens du dog saa ofte har sagt, at det bedste for et Menneske er at faa vælge selv."

„Jeg vil gjerne være rolig — Carsten! og det er ikke for at være ubehagelig, jeg siger det; men du er virkelig saa farlig at snakke med; for du dreier mig rundt og vender op og ned paa altsammen. Aldrig havde jeg troet, at jeg godvilligt skulde se min Søn gaa til Konfirmation; men nu synes det mig næsten, somom der er noget i det, du siger."

„Ja jeg tror, at det denne Gang er mig som mest er i Overensstemmelse med dine Principer," svarede Professoren, som nu var fuldt paaklædt og vilde gaa.

„Men det siger jeg dig," raabte pludselig Fru Wenche, da han alt var i Døren, „den Morgen Abraham skal i Kirken, for at aflægge dette usalige Løfte, vil jeg have Ret til som Moder at spørge ham, om han ved, hvad han gjør; og er han da ikke fuldtud sanddru og ærlig, saa skal hverken du eller al Verdens Præsteskab faa min Søn til at gaa op og sige en Løgn."

„Det faar du gjøre som du selv synes," svarede hendes Mand, idet han gik; den Tid den Sorg; foreløbig var han kommen saa langt som han kunde vente.

Men i Fru Wenche var der Uro og Misstemning; hun havde en pinlig Fornemmelse af, at hendes Mand havde franarret hende dette Samtykke til Konfirmationen — det modbydeligste Spilfægteri, hun vidste.

Hun talte med Mordtmann om det, og han gav hende fuldstændig Ret i alt, var endnu heftigere i sine Ord; men forresten kunde jo ikke Spørgsmaalet interessere ham saa meget.

Saa tog hun Abraham for sig og talte alvorligt med ham en Aften, mens Professoren var i Klubben.

Hun udviklede for ham saa klart og aabent som hun kunde, hvad hun tænkte om dette Præsteopfund: Konfirmationen.

Hun viste ham, at dette Løfte, de fordrede og modtog af umyndige Børn, ikke var andet end det grusomste Spilfægteri med det alvorlige; at

81

det ikke kunde være anderledes — absolut ikke kunde være anderledes, saaledes som den sande Kristendom stiller sine Fordringer til et Menneske, end at Ungdommen flokkevis førtes ind i Livet gjennem en stor Løgn, værre end en Mened. Vilde han med aabne Øine gaa gjennem dette? — eller havde han valgt?

Hvis han uden Menneskefrygt kunde vælge at arbeide videre uden denne Forpligtelse, som stod der, bare for at brydes, — kunde han det, saa skulde hun trofast hjælpe ham.

Abraham sad med nedslagne Øine uden at svare, uden at afbryde. Det var ham altid pinligt, naar nogen talte til ham om det religiøse. I Skolen lærtes Religion som et andet Fag; og det var bare Rektoren, som i sine Taler eller, naar der var noget galt paafærde, holdt indtrængende gudelige Foredrag; Professoren kunde en og anden Gang lade falde et Ord som: det maa du bede Vorherre bevare dig for — eller lignende.

Abraham vidste nok, hvorledes han skulde staa og se ud, naar saadant nævntes, kunde ogsaa mumle et Svar i den rigtige Tone; men uhyggeligt var det, mens det stod paa.

Og nu med Moderen var det endnu Værre; for det nyttede slet ikke at byde hende de staaende Talemaader; — og den rigtige Tone vilde hun netop ikke have; — og hvorledes skulde han for Alvor kunne svare paa hendes Spørgsmaal?

Ja vist vilde han konfirmeres som de andre; det havde længe været ham en Tort, at han var den sidste af alle sine Jævnaldrende. Det var jo en ganske selvfølgelig Sag; og saa kom Moderen og gjorde det til saadant noget uhyre, somom det var et Vendepunkt.

Og medens hun blev ved at tale for ham saa dæmpet og alvorligt om at være sand og sanddru, enten det saa var i den ene Tro eller i den anden eller i nogen Tro, sad han og tænkte paa, hvor besynderligt, hvor bagvendt det dog var, at netop hun talte saaledes.

Baade Rektor, som nu var anerkjendt af alle og enhver som en mer end almindeligt gudfrygtig Mand, og hans egen Fader som ogsaa var religiøs med Maade — akkurat saa meget som Abraham fandt passende, — og desuden alle kristne Mennesker i Byen holdt Konfirmationen i Ære, ja de vilde anse et Ord imod den hellige Handling som en Bespottelse.

Men Moderen, som selv mange Gange havde sagt, at det stod daarligt til med hendes Tro, — og hentydningsvis havde Abraham hørt det, som værre var udefra —, — at hun nu tog disse Ting, som hun selv ikke troede paa, og som hun altsaa ikke kunde have sand Forstaaelse for — at hun tog Konfirmationen alvorligere, høitideligere end selve de Troende, det var ham høist besynderligt; og det var ikke frit for, at han ved denne

Tanke blev en Smule utaalmodig. Hvor kunde hun, som ikke selv troede, spænde Fordringerne høiere end selv de bedste blandt de Troende?

Ogsaa hun blev tilslut utaalmodig af at se Gutten sidde der stiv og stum som en Stok.

„Svar mig Abraham! – hvad vælger du? vil du gaa til Konfirmation? – eller vil du ikke?"

„Jeg ved ikke," svarede Abraham.

„Ja, men det maa du vide; du er nu stor nok til at forstaa, at du skal vælge selv. Betænk dig nogle Dage; men lad mig sige til dig, hvad jeg ogsaa sagde til Far imorges: den Dag du gaar til Kirken, skal du først staa Skrifte for mig; og kan du saa ikke med fuld Sandhed sige til mig, din Moder: jeg vil og kan aflægge Løftet, da skal du hellerikke stedes til Løgnens Fest, saasandt jeg hedder Wenche."

En Stund efter kom Professoren hjem; de spiste tilaftens, og der blev talt om andre Ting. Men Abraham gik i flere Dage og plagede sig med dette Valg.

Jo vist vilde han konfirmeres; naar de spurgte ham paa Skolen, om han skulde gaa for Præsten ihøst, svarede han ja. Der var endnu nogle Uger til Indskrivningen; Moderen spurgte ham ikke, hellerikke Faderen, og saaledes gik det en Tid.

I Skolen var der ikke synderlig Afveksling; kun fik han mere Latin og mere Græsk i den nye Klasse. Han begyndte lidt efter lidt at slutte sig til Broch, som han før ikke havde ligt; men nu sad de ved Siden af hinanden som de øverste i Klassen, og Abraham var begyndt at blive flittig.

Lille Marius havde intet Spor efterladt sig. Han var forsvundet; hans Nummer besat. Strømmen lukkede sig over ham, og han blev aldrig nævnt, fordi de snart alle havde glemt ham. Det daglige Stræv i den samme Stue, samme Fag, samme Timer, samme Sidemænd, Formænd og Lærere gjorde, at deres Tanker ikke beskjæftigede sig med det, som ikke længer var; og Marius Gottwald forekom dem snart som en liden Fyr, de havde kjendt for mange Aar siden, da de selv var smaa og langt nede i Skolen.

Den eneste, som beholdt Erindringen om ham, var Abraham, – ikke blot hin Erindring, som plagede ham og som han tænkte paa saa sjældent som muligt.

Men Fru Gottwald, som nu ikke havde nogenting mere i Verden at gjøre end at hænge efter Minderne om den søde lille Marius, hun klamrede sig fast til hans bedste Ven. Naarsomhelst hun fik Øie paa

83

Abraham, løb hun ud i Døren eller bankede paa Vinduet.

Abraham undgik det helst; han ligte ikke, at nogen saa ham gaa derind, og han ligte hellerikke at høre paa Fru Gottwald.

Saasnart hun fik ham tilsæde i Sofaen, begyndte hun at snakke om lille Marius. Hun fik jo ikke den hele lange Dag talt et Ord om det eneste hun tænkte paa baade Dag og Nat.

Sky og forskræmt som hun levede, havde hun ingen Veninder. Kun om Aftenen kom de gamle Stamgjæster, — de tunge Tanker om Skam og Anger og Ydmygelse ind i det lille Kammer, for at sidde rundt Væggene og glo paa hende.

Og der var kommet en Gjæst til — værre end de andre. Det var den nagende Bebreidelse, at hun af Forfængelighed havde villet lade Sønnen lære mere end hans stakkels Hoved kunde taale; men det turde hun aldrig tale om.

Ellers fortalte hun hver Gang de samme Historier, spurgte, om det ikke var sandt, at lille Marius havde været den allerflinkeste i Latin, og blev ikke træt af at fortælle, hvormeget han havde holdt af sin Ven, hvorledes han beundrede og saa op til ham; — „ja det gik saa vidt" — her lo den blege Dame med en liden, vissen Latter, „at jeg — min Nar! — var ganske skinsyg paa denne Abraham Løvdahl. Se her — bag i en af sine Glosebøger har han skrevet med store Bogstaver: A. L. er den største Helt, som findes paa Skolen. Det er dig — det er Dem —" Fru Gottwald blev forvirret; hun vidste næsten ikke, om hun kunde blive ved at sige du til Abraham; han holdt sig saa stiv og voxen.

Hellerikke var det muligt for hende at faa ham til at blive længe ad Gangen eller komme igjen oftere; indtil hun engang fandt paa at traktere ham med Vin og Kage, og det hjalp noget.

Han kom nu undertiden af sig selv — helst i Mørkningen og sad noksaa taalmodigt og hørte paa de gamle Historier, fortalte ogsaa et og andet Træk fra deres Samliv, som satte den stakkels Fru Gottwald i Henrykkelse.

Men Abraham sneg sig altid til og fra disse Besøg; han havde en tydelig Fornemmelse af, at hans Far ikke paa nogen Maade vilde synes om, at han vedligeholdt denne Omgang med lille Marius's Moder.

Men sexten Aar er ikke noget at stille op imod Smørkranser og Sherry.
—

— Imidlertid var Michal Mordtmann lige ivrig med sin Fabrik, som nu var delvis færdig. Men da Høstregnet for Alvor begyndte, blev det ikke længer saa morsomt at gaa derud hver Dag, hvorfor han fik indrettet et Kontor for Fabriken „Fortuna" i Byen.

Med sit Forhold til Fru Wenche var han ikke rigtig tilfreds; det avancerede altfor langsomt — kanske slet ikke. Han var nu meget indtaget i hende; et Forhold til en saa smuk og interessant Dame med en saa liberal Mand vilde han sætte overordentlig Pris paa. At hun i Virkeligheden ogsaa — ialfald var nær ved at blive forelsket i ham, det vidste han sikkert; han havde seet det utallige Gange i Smaating.

Over Fru Wenche havde der forresten iden senere Tid været noget forunderligt, noget nervøst, vexlende, — ligefra en ordknap Stirren ud i Luften til en Snaksomhed, der var næsten pinlig.

Mordtmann var overbevist om, at han var Aarsag til al hendes Sindsbevægelse; og hun var just i denne Tid saa skjøn og bedaarende, at den ellers saa forsigtige Mand begyndte at tabe Herredømmet over sig selv.

Istedetfor Besøgene ved Middagstider var der med de lange Høstaftener kommet fortrolig, lun Passiar i Skumringen ved det røde Lys fra Ovnen. Fru Wenche pleiede at gaa rundt Bordet; han sad i Sofaen i Ovnslyset.

Professoren var næsten altid ude paa denne Tid; men han kom ogsaa undertiden hjem og traf dem i denne Situation, og der var aldrig nogen Forlegenhed paa nogen af Siderne.

Men i Michal Mordtmanns Blod var der Uro — som han sad der og saa hende gaa sig forbi saa rolig og regelmæssigt

Hun var iaften saa tung, og de talte om Døden og triste Ting; han talte lidet, hun svarede et Par Ord, og de vare enige om, at Livet er ikke meget værdt.

Men dette var ikke hans Stemning; han bare fulgte hende. Selv var han fuld af utaalmodigt Haab; han beregnede ingen Følger længer og havde ingen Skrupler; for hver Gang hun gik forbi ham, blev det ham mere og mere vanskeligt at lade hende passere uden at springe op og gribe hende.

Efter en lang Pause stansede hun midt foran ham og saa ham ind i Ansigtet. „Men hvorfor sidder De nu der og siger alt dette, som De jo slet ikke mener?"

„Det er hellerikke mig, som sidder her, ikke mig, som taler; jeg ved ikke, hvad jeg siger, jeg ved ikke, hvor jeg er, eller hvad jeg gjør; jeg ved bare, at længer kan jeg ikke udholde det —"

Mens han sagde dette, havde han lagt sin Arm op om hendes Liv og trukket hende ned, saa hun sad midt i Ovnslyset paa hans venstre Knæ.

Og han bøiede sit Hoved lige ned til hende og kyssede hende paa Kinden. „Vi kan jo ikke længer skjule os for hinanden; det er dog sandt!"

„Ja det er sandt," svarede hun mat og lagde sin Arm over hans Skulder. Men lidt efter gjorde hun sig lempeligt fri og reiste sig op.

„Nei — nei" sagde hun — endnu ligesom halvt aandsfraværende.

Men han sprang op og vilde gribe hende, — med lidenskabelige Ord, som ikke hang sammen.

„Nei — nei!" raabte hun heftigere og med et, somom hun vaagnede: „rør mig ikke! — er De gal? tror De, jeg vil have to Mænd?"

„Men nu er du min, — min alene —"

„Nei — nei slet ikke! betænk dog —"

„Tænk selv, hvor ofte vi har talt om dette; har du ikke altid forsvaret Kjærlighedens Ret?"

„Ikke nu — ikke saaledes, — forstyr mig ikke, lad mig være i Fred; se dog alt det, vi ødelægger; — nei lad det blive som før, eller hvis det er umuligt, saa reis! — jeg beder Dem Mordtmann! lad mig være i Fred."

„Men jeg — jeg! — det tænker du ikke paa! hvad skal der blive af mig?"

Hun tog ham i Skulderen, vendte ham mod Lyset og betragtede hans Ansigt opmærksomt. De aandede begge kort og stødvis, og hans Ansigt var blegt og fortrukket; medens han stammede uforstaaelige Ord og knugede hendes Hænder.

„Hvad har jeg gjort?" raabte fru Wenche; thi Lidenskaben i ham var saa aabenbar og sand i dette Øieblik, at den helt greb og overbeviste hende; „jeg har handlet ilde mod os begge."

„Nei — vist ikke! du har valgt, du er min; hvis du ikke bedrager mig."

„Jeg bedrager Dem ikke — kjære Ven!"

„Saa kom! — tag Skridtet fuldt ud, bliv min!"

„Hør mig, hør et fornuftigt Ord; vi er jo halvt utilregnelige begge to i dette Øieblik; nu maa jeg raade, som er ældst."

„Aa" — afbrød han utaalmodigt; men hun lagde sin Haand paa hans Mund:

„Gaa — gaa — kjære Mordtmann! — og kom igjen om nogle Dage — om et Par Dage; vi maa begge tænke og overveie; lad os ikke i Øieblikkets Rus føre uslukkelig Sorg over os selv og andre. Lyd mig, De ved, jeg har Ret."

Han vilde ikke høre; men hun tvang ham med Bønner og kjærlige Ord henimod Døren; her greb han hende endnu engang og kyssede hende; derpaa fór han ud af Døren og gik halvt sansesløst gjennem Forstuen.

Hun kastede sig i Sofaen og holdt Hænderne for Øinene, hans Kys brændte hende; hun elskede ham; der var en Smerte i dette, som snørede hende ind i en lyksalig Angst, og hendes Tanker stod ganske stille foran dette ene.

Hun kunde ikke tage fat paa at tænke paa sin Mand og paa sin Søn; men den halvklare Ængstelse, hun en Tid havde kjæmpet med, blandede sig smerteligt ind i den usigelige Forvirring.

Hendes Mand kom hjem og gik fra Forstuen lige ind i sit Kontor. Der var et lidet Skab paa Væggen, hvortil han bar Nøglen paa sit Nøgleknippe, og hvori han forvarede endel sjeldnere Medikamenter; — Apotheket var ikke synderlig paalideligt.

Professoren søgte sig ud nogle styrkende Draaber, blandede en kraftig Dosis i Vand og drak det ud. Dernæst betragtede han sit Ansigt i Speilet; det var meget blegt.

Da han havde staaet en Stund, slukkede han Lyset og gik gjennem Dagligstuen, for at vaske sig i Soveværelset, som han altid gjorde, naar han kom fra Praxis om Aftenen.

„Godaften Wenche, vil du ikke snart tænde Lampen?" spurgte han, idet han gik forbi.

„Jo" — svarede hun fra Sofaen uden at røre sig.

Abraham sad og hang over sine Bøger. Han havde været sammen med Borch oppe paa Morten Kruses Værelse, hvor de røgte Tobak, og han var hed i Hovedet med prikkende Fornemmelser i Huden; han befandt sig ikke meget vel.

„Nu — Abraham" — spurgte hans Fader, mens han efter Vane gik frem og tilbage mellem Værelserne og gjorde sit Toilette; „har du taget din Bestemmelse med Hensyn til Konfirmationen? det maa ske nu snart, hvis du vil være med denne Gang; — eller vil du ikke?"

„Jo — jeg vil helst —"

„Nuvel! — du ved, du har din Frihed; vil du konfirmeres, saa staar det dig frit for. Har du fortalt det til Mor?"

„Nei — kan ikke du gjerne gjøre det?"

„Nei — hvorfor det? Gutten min! gaa du bare ind med det samme og sig det; Mor er i Stuen."

Abraham gik meget forknyt derind.

„Hør du Mor," begyndte han, da han havde siddet en Stund ved Ovnen; „jeg tror nok, at jeg vil gaa for Præsten."

„Ja — jeg kunde tænke det!" — svarede Fru Wenche næsten haardt; hun var saa uendeligt langt borte i sine Tanker.

Men Abraham fik et Stød.

87

At hun kunde tage det paa denne Maade, naar hun saa kjærligt og aabent havde sagt ham, at han frit maatte vælge selv. Han sneg sig ud ligesaa forknyt som han var kommen; og han begyndte allerede at grue for den Morgen, naar hans Moder vilde komme ind til ham, for grundigt at tage ham i Forhør.

— Da Michal Mordtmann tumlede ud af Gadedøren, var han løbet lige mod Professor Løvdahl, som kom hjem.

Professoren stødte sin Stok mod Stenen og det forekom Mordtmann, somom han begyndte et Ord, men stansede sig. Det foresvævede ham ogsaa, at Professorens Ansigt havde havt et mærkværdigt Udtryk, idet han flygtigt saa op og hilste.

Men han var altfor optaget af det, som var hændt med Fru Wenche. Han skyndte sig lige hjem og laasede sig inde, forat være alene og uforstyrret med sin Lykke.

Han kastede sig i Lænestolen, sprang op igjen og gik heftig op og ned, søgte frem det Portrait, han havde af hende, talte til det og talte med sig selv, — lykkelig uden nogen Sky og stolt over at være ved Maalet.

Men eftersom hans Blod kom noget til Ro, greb han sig flere Gange i at tænke paa Professoren. Det var igrunden et besynderligt Ansigt, han havde sat op; det begyndte at forurolige Mordtmann.

Han kom til at tænke paa, hvor aldeles vanvittigt uforsigtigt de havde baaret sig ad. Bare et Par Minutter senere — og Professoren vilde overrasket dem i et Sindsoprør, som vilde været umuligt at skjule.

Det maatte ordnes ganske anderledes — dette Forhold, hvis det skulde gaa, og det gav hans Betragtninger en anden Retning.

Han tændte en Cigar og satte sig til at overveie. —

X.

Provsten Sparre læste med Konfirmanderne i Haugianernes gamle Forsamlingshus; og skjønt der var en Mængde Gutter, blev det dog en liden Flok i den store, lave, graamalte Sal med Vinduer til tre Sider.

Konfirmanderne vare placerede saaledes, at der var en tydelig Adskillelse mellem dem.

Paa en lang Bænk midt foran Kathederet sad Almueskolens, — yderst udpaa Hjørnerne Fattigbørn fra west end og de andre Udkanter.

Men paa Præstens høire Haand lige ind under Kathederet paa kortere Bænke, som stod ud fra Væggen, — der sad velklædte Gutter fra de andre Skoler, Latinskolen paa første Bænk, og Abraham øverst helt oppe ved Præsten.

Provsten Sparre havde altid en Mængde Konflrmander; thi han havde Ord blandt Folk for at være meget lettere „at slippe frem for" end de andre Præster i Byen.

Rent umulige Dumrianer, som forgjæves havde prøvet flere Gange, de blev uden Vanskelighed konfirmerede af Provsten. Og man skulde sandelig ikke sige, at det var, fordi han saa gjennem Fingre med deres Kristendomskundskab. Man skulde bare høre disse Dumrianer paa Kirkegulvet under Katekisationen, — de svarede som Peberkværne og det mange Gange paa de allersværeste Spørgsmaal i hele Pontoppidan.

Herfor blev Provsten Sparre høilig beundret; — mere end han fortjente — oprigtigt talt; thi der var en liden Hemmelighed med i Spillet.

Provsten Sparre vidste nemlig ligesaa godt som enhver anden Præst eller Lærer, at af Almuebørnene var der ikke en eneste Gut eller Pige, som forstod et eneste Guds skabende Gran af det, som stod i Pontoppidans Forklaring. Det var derfor fuldstændigt vilkaarligt, hvad der i de mindre gode Hoveder blev hængende som lært og bevaret udenad.

Medens derfor de flinkeste blandt dem kunde svare paa ethvert Spørgsmaal i hele Bogen, naar han bare passede paa at spørge aldeles ordret, saaledes som Spørgsmaalet lød, — saa var der en hel Del andre, hos hvem der kun fandtes enkelte Partier dyrket Grund, mens Resten var en Ormegaard af Spørgsmaalstegn.

Nu havde Provsten Sparre den Maade, at han speidede efter de smaa dyrkede Pletter i disse Hjerner; og naar han mærkede, at der sad nogle Ord ganske fastspigrede i et af de daarligste Hoveder, saa noterede han det i en liden Noticebog.

Paa den store Dag, naar han da skulde overhøre Konfirmanderne i Kirken foran Menigheden, var det vidunderligt at høre, hvorledes han kunde springe fra Emne til Emne, kaste Spørgsmaalene hid og did og bestandig træffe Konfirmanden forberedt og vel forberedt.

Denne Provsten Sparres Hemmelighed var han selv meget ængstelig for. I den lille Noticebog stod der bare Tal, der for den uindviede kunde se ud som Karakterer, han gav Børnene under Læsningen. Men han var kun ængstelig, forsaavidt som han fuldtvel indsaa, hvor let hans Fremgangsmaade kunde misforstaaes og mistydes.

Overfor sin egen Samvittighed derimod var han fuldstændig rolig.

Thi naar nu Aandens Gaver ere saa ulige fordelte, og naar nu Pontoppidan kanske ikke falder alle saa let at lære og forstaa, saa vilde det jo være storlig Uret at forholde et ungt Menneske, som derom

89

beder, Adgang til Menigheden og Naademidlerne, fordi om han ikke besad Evnen til at lære udenad.

Konfirmeres maatte de jo; der kom sandelig aldrig andet end Fortræd og Misnøie i Menigheden af at nægte Børnene Adgang til Konfirmation; hvorfor da skabe sig Vanskeligheder ved ubillig Strenghed i Fordringerne? — Guds Rige hører de Enfoldige til.

Undertiden var de jo betænkeligt enfoldige, og Provsten Sparre følte sig ofte generet af Latinskolens Disciple, som sad færdige til at kvæles af Latter. Derfor var han ogsaa lidt kold og tilbageholden mod Abraham i de første Dage.

Abraham var usædvanligt voxen til at være Konfirmand, og Provsten havde ikke hørt godt om ham; hans Moders Fritænkeri var desuden bekjendt nok.

Men efterhaanden fik han et bedre Indtryk af den unge Løvdahl; han var ærbødig og alvorlig og fortrak aldrig en Mine, naar der svaredes borti Væggene fra den lange Bænk. Derimod var han opmærksom med at hjælpe Provsten med Frakken, bringe Bogen opslaaet og styrte paa Gulvet, naar Blyanten faldt ned.

Og tilslut fandt Provsten, hvem disse Timer med Konfirmanderne var en Tortur, et vist Behag i at have den velopdragne unge Mand saa nær ved sig. Og der udviklede sig fra Gang til Gang etslags venskabeligt Frimureri mellem Provsten og Abraham, saa at de vexlede Øiekast, naar der forefaldt noget under Examinationen, eller Provsten mumlede et latinsk Citat, som Abraham besvarede med et diskret Smil — enten han forstod eller ikke.

Forberedelsen til Konfirmationen blev derfor en Fornøielse for Abraham. Det var allerede morsomt at gaa fra Skolen to tre Timer midt om Formiddagen, og naar han sad ved Provst Sparres Katheder, havde han en behagelig Fornemmelse af at være den første.

Fra Skolen kunde han hele Pontoppidans Forklaring udenad; saa han vidste intet om det uhyre Arbeide før og den kvælende Angst under Examinationen, som gjorde de vildeste Gutter fra Almueskolen blege og stille med opspilede Øine.

Hvad der for dem var deres vigtigste Livsbegivenhed, et Naaleøie at arbeide sig igjennem med den største Anstrængelse af alle Evner, — det var for ham ingenting, som kunde anstrænge, idethøieste kunde det blive kjedeligt.

Men det blev det altsaa ikke ved hans gode Forhold til Provsten; og naar han en enkelt Gang blev examineret, forlod de gjerne Pontoppidan, og det blev mere som en Samtale om theologiske Materier mellem en ældre og en yngre, medens de andre sad og gabte eller læste under Bordet paa det følgende. —

— Provsten Sparre examinerede i den anden Part: Troens Artikler.

„Ole Martinius Pedersen kan du sige mig, hvormange Guder er der til?"
„Tvende Slags nemlig gode og onde," svarede Ole Martinius Pedersen i en Fart.

„Nei — Gutten min! det var ikke rigtigt. Du svarede paa et andet Spørgsmaal; paa hvilket Spørgsmaal var det, han svarede? kan nogen sige mig det?"

„Om Englene," raabte en liden rødhaaret Gut nede ved Ovnen.

„Rigtig — Jens Hansen! Englene ere tvende Slags nemlig gode og onde; men Gud er kun én — ikke sandt? Ole Martinius?"

„Ikkun én eneste Gud," svarede Ole Martinius Pedersen, som var en af de bedste paa den lange Bænk.

„Hvorledes har det guddommelige Væsen aabenbaret sig i Skriftens Ord?"

„Som et eneste Væsen: Fader, Søn og Helligaand, hvilke dog alle ere ét og kaldes den hellige Treenighed."

„Kan vi vel med vor Fornuft begribe dette, at Gud er en og dog tillige tre?"

„Nei; det er langt o v e r — skjønt ikke imod vor Fornuft; derfor er det en Troes— og ikke en Fornuftsartikel; og Gud var ikke Gud, om han af vor Fornuft kunde begribes."

„Det var meget godt — Ole Martinius! du kan dine Ting, naar du bare betænker dig. Nu du — Mons Monsen! Er da de Ord: Fader, Søn og Helligaand trende adskillige Navne eller Egenskaber i Gud og intet andet?"

„Jo! — det er mere end blot Navnes eller Egenskabers Adskillighed; thi enhver af dem tillægges noget særdeles, som ei tilkommer de andre."

„Ikke saa fort — Gutten min! — Hvori bestaar denne Adskillighed?"

„Ikke i Væsen, som sagt er" — svarede Mons Monsen i rivende Fart og uden Stans ved noget, „— ikke i Væsenet, som sagt er, mæ men Ordet som er forenet med Vandet —"

„Nei, nei — Mons! nu kommer du opi noget andet: pas nu paa: ikke i Væsenet, som sagt er, men i visse —"

„— men i visse personlige, indvortes Gjerninger, saa — saa — saasom Klæder, Sko, Mad og Drikke, Hus og Hjem, Ægtefælle, Børn, Mark, Fæ —"

91

"Nei — nei — nei — Mons! — nu er du igjen borti noget andet; — som tilkommer —"

"— som tilkommer enhver af dem for sig; nemlig Faderen, som er af Ingen, føder sin Søn af Evighed, Sønnen fødes af Faderen, og den Helligaand udgaar fra dem begge. Alt dette er baade vist og sandt —"

"Nei — nei Mons! alt dette er Troens —"

"— alt dette er Troens dybe Hemmelighed, som vor Fornuft ei kan ransage."

"Det er rigtigt Mons Monsen! — du er flink Gut, naar du bare vilde give dig lidt Tid; men du snakker saa frygtelig fort, at du tumler dig væk. Her er lidt Forskjel i Bøgerne — som kanske Latinskolens Elever har mærket," sagde Provsten til Abraham; "flere af Gutterne ved Almueskolen og fra Landsognene har lært efter en ældre Udgave."

Dette var ogsaa en Egenhed ved Provsten Sparre, som de andre Præster beundrede eller forargede sig over.

De fleste mente nemlig, at skulde Kristendomsundervisningen have samlende Betydning for Menighedslivet, maatte fremfor alt Lærebogen være absolut den samme for alle; og derfor lærte de efter den Udgave af Pontoppidans Forklaring, som sidst var udkommen med kongelig Resolution, og taalte ikke andet.

Men Sparre tog, hvad man bød ham, naar de bare kunde det ordentligt udenad. Derfor maatte han ogsaa have dette vidunderlige Kjendskab til den enkelte og til de gamle og nye Udgaver, saa han baade kunde stille Spørgsmaalet og "sætte paa" i Svaret.

Ved at omtale Forskjellen mellem Udgaverne og Forklaringen kom Provsten til at tænke paa en ulykkelig Konfirmand, han havde iaar. Pastor Martens havde i Sakristiet erklæret ham for en uforbederlig Idiot.

Det var en stor stærk Gut paa atten Aar, der gik som en Rese blandt de andre, og som allerede flere Gange havde fyldt det tørre Forsamlingslokale med undertrykt Jubel ved sin mageløse Taabelighed.

Provsten selv mistvivlede. Men alligevel iagttog han ham nøie og lyttede alvorligt til de Stumper og Ramser, som den arme Osmund gav tilbedste i hyt og Veir; naar han blev spurgt. Tilslut troede Provsten, at han havde fundet en Traad, og idag vilde han prøve; han gjorde i en Fart en liden Overgang fra Treenigheden, for at kunne anbringe sit Forsøg.

"Du Osmund Asbjørnsen Sauamyr," begyndte han venligt og langsomt, for at give den anden Tid til at samle sig; "kan du svare mig — Gutten min! — kan du svare mig paa det Spørgsmaal: Hvilke ere da saadanne Evangelii Naadegaver?" —

Osmund Asbjørnsen Sauamyren sad et Øieblik ganske stille; derpaa begyndte han – enstonigt, men sikkert – og bestandigt stærkere syngende, – med en Fart, saa han næsten mistede Pusten:

"Det er Kristi Retfærdighed, Syndernes Forladelse, den børnlige Udkaarelse, Guds faderlige Forsorg, Arve-Rettigheden, Fred med Gud, sønlig Tillid, Guds Kjærligheds søde Smag, Tilgang til Gud og Dristighed til at bede; Forsikring om Guds Naade, om Bønhørelse og Hjælp i al Nød, særdeles kraftig Beskjærmelse imod alle synlige og usynlige Fiender, Taalmodighed med vor Svaghed og naadig Skaansel i vort ganske Levned; det evige Livs Forsmag, Glæde i den Helligaand, Styrelse, Lys, Drift og Kraft af samme Aand; Befrielse fra Syndens Straf og Herredømme, fra Guds Vrede, Lovens Forbandelse og Tvang, fra Satan, Helvedes og Dødens Magt, fra Verden og en ond Samvittighed; alle Tings endog de bitreste Lidelsers Udfald til de Troendes Bedste, et levende Haab om Saligheden, hvorpaa endelig følger den uudsigelige evige Glæde og Herlighed i Himmelen og saa fremdeles!"

"Ser man det!" raabte Provsten Sparre triumferende og noterede i sin Bog; "jeg tænkte nok, du var ikke saa gal endda – du Osmund! – du har kanske ikke saa let for at skjønne Spørgsmaalene som Bygutterne; men du kan dog noget – Gutten min! – bliv du bare ved med at være flittig og opmærksom, skal du se, det gaar dig nok godt."

Latinerne vare skuffede, de havde ventet en god Latter; men hele den lange Bænk bøiede sig fremover og betragtede Osmund med den største Forbauselse.

Selv sad han med aaben Mund og gloede paa Provsten. Aldrig var sligt hændt ham, aldrig havde han hørt et Ord af Ros eller Haab; men heller aldrig havde nogen Præst tilforn opdaget dette hans store og eneste Bravournummer om Evangelii Naadegaver.

Osmund Asbjørnsen Sauamyren havde prøvet mange Præster og slidt – jeg ved ikke, hvormange – Forklaringer op.

Ligefra han begyndte i fjorten-femten Aars Alderen at tage Bogen med sig i Heien, hvor han gjætede, og indtil denne Dag havde han tumlet forgjæves med Spørgsmaal og Svar.

Kun en eneste Gang i en god Stund havde hans Hjerne gjort en kjæmpemæssig Anstrængelse foran dette uhyre Spørgsmaal om Evangelii Naadegaver. Og med den underlige Vilkaarlighed, som følger Udenadslæsning, var denne ene Ramse helt og holdent uden Feil eller Tvivl bleven fast derinde; og saa ofte havde han nu gjentaget den i modløse Stunder, at den ikke kunde gaa istykker, uden at den stakkels Osmunds skrøbelige Forstand gik med det samme.

93

Men hvor lidet havde Evangelii Naadegaver hjulpet ham til denne Stund!

Til Spot for alle og til Sorg for sine Forældre var han blevet gaaende fra Aar til Aar som haabløs Konfirmand — baade hjemme i Landsbygden og nu her, efterat hans Far var flyttet til Byen som Stenmand ved Fabriken.

Intetsteds kunde han komme an. En ukonfirmeret Gut stod overalt tilbage; ikke som Regningsbud, ikke i Kontor, Krambod eller Søhus brød man sig om en saa dum eller vanartig Gut, at han ikke var konfirmeret med atten Aar. Hans store Krop kom ham lidet tilgode; han var endnu for blød i Benene til Faderens Haandtering, og — desuden hvad Løn gad nogen byde en ukonfirmeret Gut? ikke engang tilsøs vilde Rhederierne tage ham, før han var konfirmeret.

Osmund Asbjørnsen Sauamyren agtede sig ikke langt frem, stilede hellerikke høit op i Samfundet; og det kunde synes, somom der maatte staa mange Veie aabne for hans meget beskedne Fordringer.

Alligevel fandt han alle Veie omhyggeligt stængte; for ham førte ingen anden Vei ud i Livet end den, som gik forbi Præsten; og hver Gang tog Osmund taalmodig fat med en ny Præst, for at blive bespottet en Stund og tilslut kasseret.

Nu saa han endelig en Udgang paa sin Møie! han blev siddende en lang Stund og tænkte paa, hvad Mor vilde sige, naar han kom hjem, og før han vidste et Ord deraf, begyndte han at græde.

Der blev almindelig Munterhed, da det mærkedes, at Goliath flæbede; Abraham lo ogsaa, da Provsten smilte.

Han var idetheletaget meget glad ved at staa sig godt med Provsten Sparre; og han gruede nu bare for den Morgen, da hans Moder vilde komme ind til ham og tvinge ham til et oprigtigt Skriftemaal. Saa mange Gange forestillede han sig denne Scene, at han ligesom saa hende komme ind ad Døren, og hvad skulde han svare hende.

Selve Konfirmationsforberedelsen kunde jo ikke paa nogen Maade stemme ham alvorligt — endsige gribe ham dybere; og han vidste, at kun Alvor turde han byde sin Moder; det mindste Forsøg paa Fusk vilde hun strax opdage.

Imidlertid gik Høsten og det var jo langt frem til Paaske.

Abraham fandt efterhaanden, at Broch var en god Kammerat; de fik mest Omgang med det øverste Parti i Klassen — Mesterlektianerne, som skulde op til Artium næste Aar; de røg Tobak og spillede Kort, og om Aftenen spaserede de med Smaapigerne.

Der var noget ved Abraham, som holdt ham oppe og gav ham Position selv blandt ældre Kammerater.

Den tilbagetrængte Lyst til Opposition, som laa i ham, fik en anden Udvei gjennem Spot og Latterliggjørelse. Han kunde sige Vittigheder baade om alvorlige og religiøse Ting; og saa fredelig og ærbødig som han var i Skolen og hjemme, kunde han være den værste til at spotte og gjøre Nar, naar de sad for sig selv paa en Hybel i den tætteste Tobaksrøg.

Broch laa flad af Latter, og Bifaldet opmuntrede Abraham, saa han blev værre og værre og agtede ingenting mere, somom han holdt sig skadesløs for sin Tvang ved at være rigtig vild og gal naar han turde slippe sig løs.

Han forsøgte sig ogsaa i Karrikaturer; og der cirkulerede længe en Tegning i 4de Latinklasse, som forestillede Helvede, hvor Adjunkterne Aalbom og Borring gjensidig fyrede under hinanden, medens Konferentsraad Madvig og Erik Pontoppidan dansede en vild pas des deux i Flammerne.

I Skolen gik det ham nu meget godt; Abraham var tilstrækkelig flittig og havde desuden tilegnet sig en egen Maade til at tage Lærerne paa; selv Aalbom glemte hin „Dævel" for hans indsmigrende Elskværdighed; og det var bare Rektor, som bevarede en liden Misstemning mod ham.

Professor Løvdahl sluttede sig i denne Tid nøie til sin Søn, gik lange Ture med ham om Søndagen og talte til Abraham næsten, somom han kunde være voxen.

Det var baade, fordi Professoren af al Magt vilde trække Sønnen hen til sig; men det var ogsaa, fordi noget trykkede ham, saa han trængte til at oplives ved Guttens Munterhed.

Fortroligheden mellem dem blev saa stor, at Abraham endog fortalte Ting, som han ellers bestemt vilde have fortiet.

Saaledes kom han en Dag i Samtidens Fart til at fortælle — halvt mod sin Vilje — en Historie fra Skolen.

En Rude var bleven kunst i øverste Klasse, og hele Klassen vidste, at det var Morten Kruse; men da Rektor spurgte, vilde ingen svare; Broch var tilfældigvis syg, saa Løvdahl var øverst.

Nu var der ingenting, som i den Grad ophidsede Rektor, som naar han mærkede eller troede at mærke Stridighed; og som gammel Skolemester forstod han strax, at Klassen var enig om ikke at forraade Misdæderen.

Han var da faret lige hen imod Abraham: „Tag dig nu iagt — Løvdahl! husk paa, du har engang før været ude med Opsætsighed; den Gang slap du; men vogt dig for at komme igjen. Ved du — eller ved du ikke,

95

hvem der har gjort det?"

„Du svarede vel strax?" spurgte Professoren ængstelig.

„Ja — jeg svarede —" — Abraham saa til Siden.

„Du sagde, det var Morten Kruse?"

„Ja, for det var ham."

„Naturligvis skulde du svare; det vilde jo været Vanvid, om du endnu engang havde gjort Skandale i Skolen — især nu, da du gaar for Præsten. Jeg ved nok, en og anden kunde komme med noget overspændt Snak om ikke at forraade sin Ven — eller lignende; men det skal du ikke bryde dig det ringeste om. Lydighed — ser du — mod sine Overordnede er ubetinget et ungt Menneskes og en brav Borgers allerførste Pligt og høieste Dyd; ved at holde Samkvem med Misdædere bliver du tilslut selv en, mens du gavner dig selv og Retfærdigheden ved at aabenbare det onde og strafskyldige."

Da de havde gaaet et Stykke, sagde Professoren henkastet: „Det er ikke værdt, du fortæller din Mor dette; — det er jo ikke noget at tale om."

Abraham saa ikke op; de undgik at se paa hinanden en Stund. Det var, somom de havde Hemmeligheder imod Moderen; og idet Abraham slog sig tilro med Faderens Bifald, tænkte han ikke videre over, at hans Mor nok vilde seet Sagen anderledes.

Men hun var saa besynderlig i denne Tid. Hun var igrunden ikke sig selv; thi der var kommet noget til foruden Mordtmann. — Hendes nervøse Ængstelse var bleven til Vished, og denne Vished fyldte hende med en Smerte, som hun skammede sig ved og søgte at bekjæmpe. — Fru Wenche kunde nemlig ikke længer være i Tvivl om, at hun igjen skulde føde et Barn.

XI.

Der var gaaet nogle Dage, uden at Fru Wenche saa noget til Mordtmann. En Middag gik han forbi, da han kom fra Fabriken; men hun trak sig bort fra Vinduet og skjulte sig.

Det med Mordtmann var traadt lidt i Baggrunden; hun havde nu ikke Tanke for andet end det, som forestod hende: at hun endnu engang skulde blive Moder.

Dengang Abraham var kommen til Verden, ønskede hun længe, at han skulde faa en Søster. Men eftersom Aarene gik, opgav hun det Haab og nu var hendes Tanker om Børn og Børneopdragelse blevne saadanne, at hun priste sig lykkelig ved kun at have et at svare for.

Ikke vilde hendes Mand heller blive glad ved at erfare det; det kunde hun vide paa Forhaand.

Men værst blev det hende — ja ganske uudholdelig blev Tanken, naar den kom ind i Forholdet til Mordtmann. Hun blev rød af Skam, hvergang hun tænkte paa deres sidste Aften.

Han havde kysset hende og sagt, at hun var hans a l e n e ; — og hun — hvad havde hun gjort? — og hvad skulde hun gjøre?

Hun kunde jo ikke blive gaaende alene midt i alt dette! hvad — eller hvem skulde hun vælge? — det, som skulde komme, det maatte komme — og hvad saa?

Hun satte sig en Skumringsaften i Sofaen, efter at have paalagt Pigen ikke at slippe nogen ind, — ikke Hr. Mordtmann heller. Hun havde følt sig nær ved Fortvivlelsen og fik en pludselig Skræk for sin Forstand. Nu vilde hun prøve et Opgjør, for at se, hvor hun stod.

Men det blev et sørgeligt Opgjør, og Fru Wenche forfærdedes over, hvor hun stod.

Thi hun stod jo dybt i Løgn og Uklarhed til alle Sider. Hun, som saa kjækt og hensynsløst havde slaaet sig frem i Livet uden nogensinde at lyve selv og uden at tillade andre at lyve, saavidt det stod til hende; hun, som havde troet og paastaaet, at den, som sanddru vil holde sig sand og ærlig, han skal kunne gaa uden Skade gjennem Livet — saa myldrende fuldpakket som det er af Løgn og Feighed.

Der laa hun nu selv. I hvilket af de Forhold, som stærkest bandt hende, var hun i dette Øieblik fuldtud sand? — hun tog dem for sig et for et og begyndte med Abraham.

Hvor var hendes Søn bleven af? hun havde havt ham saa nær ind til sig, at hun havde kunnet se hver liden Rørelse i hans Sjæl, følge og forstaa hver mindste Tanke eller Tvivl, som famlede sig frem i hans unge Hoved.

Hvor var han nu? — hvad vidste hun nu om ham?

Det kunde lidet hjælpe, at hun sagde: de har taget ham fra mig. Thi det var jo netop det, hun skulde have forhindret, — passet paa ham, holdt ham fast i en klar, ren Luft af Sandhed; ikke bøiet af, ikke givet slip, ikke gaaet træt i den daglige Kamp.

Det var jo det, hun havde lovet sig selv de tusinde Gange, naar hun bar ham paa Armene, da han var liden; — og nu — da han var bleven saa stor, at han trængte til, hun mindedes sine Løfter, kunde hun nu træde frem for ham og sige: her er jeg. Her er jeg — din trofaste Moder.

Kunde han have Tillid til hende som før?

„Nei." sagde Fru Wenche høit, og det lød saa sørgeligt i den tomme Stue; „nei; det kan han ikke."

Baade den Gang med Skolehistorien og senere i Konfirmationsspørgsmaalet havde hun givet tabt, opgivet sit Princip, sveget sig selv og for bestandigt forspildt sin Søns Tillid. Aldrig havde han seet hende vakle, før netop i disse to Ting, som for ham blev de mest betydningsfulde. Og hvad var det for Grunde, som havde overvundet hende? — Herregud! hvor elendige de nu forekom hende i Sammenligning med det store: hendes Pligt til at holde Sønnen oppe.

Nei — det var noget andet, som havde magtstjaalet hende, og det var Mordtmann; for hans Skyld og optaget af ham havde hun forladt — forladt? — nei forraadt sin Søn.

Og nu tog hun Mordtmann for sig og betragtede deres Forhold, og det forekom hende saa urent; det syntes hende i dette Øieblik saa lidet værdt.

Hun tog sin Kjærlighed og prøvede dens Styrke ved at spørge sig selv, om hun var beredt til at ofre sit Hus, sin Stilling, sin Mand, sin Søn, sit gode Navn, — og efterhvert som hun læssede paa, saa hun ængstelig hen til sin Kjærlighed; og det endte med, at hun var for gammel.

Hun var for gammel — mente hun — til denne hensynsløse Elskov, der frister som en Salighed, og tvinger som en Pligt. Hun vidste altfor god Besked om Livet til at forblinde sig i nogen Illusion; og hun var altfor retskaffen og pligttro til at overse de andres Krav.

Hun holdt meget af Mordtmann, det følte hun. Stundevis kunde det helt beruse hende at tænke sig som hans, et Liv med en Mand saa enig med hende, saa fordomsfri, kjæk og ædel i enhver Forstand.

Og naar hun saa gik over til at tænke paa Livet, som det vilde blive herefterdags med hendes rigtige Mand, da gyste hun for al den Løgn; og da blev det hende saa væmmeligt, at det eneste, som kunde redde det vigtigste for hende, det var et Brud — et Brud i al dets sunde, sønderrivende Sorg, og saa et nyt Liv — det fik da blive som det kunde — med Mordtmann.

Men hun kunde jo ikke gaa til Mordtmann, saaledes som hun nu var.

Og hun glemte et Øieblik al sin Sorg i den bitre Medynk med dette Barn, hvis Moder ikke vinkede det frem i Længsel og Kjærlighed, og som ingen vilde hilse velkon1men, naar det kom.

Hun var ikke nogen Moder, et Barn kunde være tjent med; ingen Kone for en Mand; ingen paalidelig Ven. — ingenting for nogen; — var det ikke bedst, hun gik sin Vei?

Døden var hende ikke saa tung; hun havde mange Gange stillet sig mod den Tanke frivillig at gaa bort; og hun troede, at naar først Beslutningen var taget, skulde Modet ikke mangle hende.

Hun havde smilet over den Overlegenhed, hvormed der ialmindelighed tales om Feigheden hos den, som vælger at lukke sig selv ud af Livet; thi saa nær havde Tanken været hende, at hun vidste, der skal Mod til — især Mod til at vælge.

Træt af den Hvirvel, hvori hendes Tanker havde jaget hende, sank hun hen i en stille, tungsindig Grublen over dette: mon ikke netop hun gjorde bedst mod de andre og mod sig selv ved at bekjende sit Livs Nederlag og gaa bort beseiret; istedetfor at leve videre paa Løgn og Stumper med Afslag paa det, hun havde kjæmpet for og sveget: fuld, klar Sandhed i Ord og Handling.

Men hun var jo ikke alene.

Der fulgte hende Billedet af et lidet blødt Barnehoved; var det Ret at tage et andet Væsen med? slukke Lyset, før det blev tændt?

Nye Tvivl, nye Kvaler, nye Spørgsmaal martrede hende; hvorfor var der dog intet — ingen, som hjalp?

Der kom han endelig — Klokken var over otte —, hendes Mand, som hun ikke havde ventet paa; men som hun vidste maatte komme ved denne Tid.

Han gik nu gjennem Forstuen, satte Stokken fra sig; skulde hun tale til ham; han var hendes Mand, han eiede Halvparten af det lille Liv, hun havde tænkt paa at slukke: han tog i Laasen og kom ind.

„Er her nogen?" — spurgte han.

„Jeg er her," svarede hun fra Sofaen.

„Er du alene?"

Der var noget i Tonen, som jog hende op; hun svarede ikke et Ord; men skyndte sig at tænde Hængelampen; hendes Haand dirrede, saa Glasset klang mod Kuppelen.

„Er der noget iveien med dig? — Wenche!"

„Er der ikke snarere noget iveien med dig?" spurgte hun trodsigt; thi hendes Mand gik urolig omkring med et ondt, uhyggeligt Smil.

„Aa jo! — der er noget iveien med mig — ikke meget, men lidt, som jeg vilde snakke med dig om. Men — Guds Død! — hvorledes er det, du ser ud? Wenche!"

Hun fik med en Gang den Idé at lade, somom hun ikke forstod, at han mente hendes forgrædte og forgræmmede Ansigt og greb Anledning til at faa det sagt: „Ser ud? — jeg tænkte, du vidste det."

99

„Vidste det? — vidste? — hvad?"

„Du har altsaa ikke forstaaet —"

Med ét samlede han sig; han greb sig om Hovedet og saa nøie paa hende med sine hvasse Doktorøine, vendte sig bort og kom igjen, mumlede noget.

„Hvad siger du? — Carsten!"

„Jeg? — jeg siger bare: se! se!" — svarede han bleg.

„Jeg er ræd, ingen af os har ret Hjertelag for den lille Stakkel."

„Hvilken Stakkel?"

„Vort Barn — Carsten! — vort stakkels lille Barn."

„Vort?" — svarede han med sit samme stygge Smil og vendte sig et Øieblik mod hende.

Fru Wenche saa et Secund ind i hans fortrukne Ansigt uden at forstaa. Han vendte sig mod Døren, for at gaa ud igjen.

„Carsten!" — fór hun pludseligt op, „Carsten, hvad var det, du sa'?"

Han vendte sig i Døren; hele Manden var forandret; det graa Haar strittede, Tænderne brød frem, og Øinene vare som et Dyrs, der pludseligt sønderslaar sit Bur; hæst og aandeløst sagde han hende lige op i Ansigtet: „Jeg tror dig ikke."

Hun styrtede efter ham med et Skrig og løftede Hænder; men han var alt ude af Forstuen, og hun opgav det; hun kunde jo alligevel ikke slaa ham til Jorden, og det var d e t, hun vilde.

Et Øieblik stod hun skjælvende; derpaa rettede hun sig op og gik ud og gav Pigerne Besked: Professoren kom vist ikke hjem tilaftens; hun gik selv ud og tog Gadedørsnøglen med sig; ingen skulde sidde oppe efter hende.

Abraham var i Kortparti hos Broch; hun vilde nok gjerne have seet ham; men det var kanske bedst, han ikke blev forstyrret. Hun tog sin Pelsværkskaabe paa, slog Hætten op og gik ud paa Gaden.

Fru Wenche gik lige til Mordtmann; der var ikke store Afstande i Byen; og mens hun gik, tænkte hun ikke videre, end at nu var hun løst — ganske løst fra sin Mand; hun gik nu til Mordtmann, for at fortælle ham alt; saa blev der Klarhed — Sandhed endelig i hendes Forhold som før; Lykke ventede hun sig ikke meget af.

Hun havde aldrig været hos Mordtmann; men hun kjendte hans Vinduer til Gaden; der var Lys. Huset var som de fleste andre i Byen. Gadedøren aaben, ingen lukket Entré; hun gik lige til hans Dør, bankede paa og traadte ind.

Michal Mordtmann stod midt paa Gulvet med Hat og Overfrak, en nytændt Cigar, just ifærd med at skrue Lampen ned, for at gaa i Klubben.

I Stuen var der en let Madlugt efter varm Aftensmad blandet med den fine Duft fra de første Drag af en god Cigar.

„Godaften Mordtmann!" sagde hun og smilede sørgmodigt til ham; „her kommer jeg til Dem. Vent bare lidt, indtil jeg faar samlet mig."

Han stammede og fik ikke sagt noget; lagde Cigaren væk og trak Frakken af.

Disse Dage havde kjølnet hans Blod; Professorens uhyggelige Ansigt havde bragt ham paa den Tanke, at denne Historie var altfor alvorlig. Fru Wenche var vist ogsaa for alvorlig, for tung til at kunne bære et Forhold, saaledes som han tænkte sig det.

Hun kom ind i hans Stue, satte sig ned i hans Sofa og sagde: her kommer jeg! Hvad ialverden skulde han gjøre? hvilken Tone skulde han anslaa; — hvordan Satan skulde han klare detts?

Smuk var hun; — hun var deilig, saaledes som hun sad der bleg og lidt forpjusket i hans Sofa; men hvad kunde det hjælpe — paa denne underlige, høitidelige Maade.

Han skjænkede et Glas Vin for hende:

„Kjæreste Fru Wenche! — hvad er der iveien? — er der hændet noget galt?"

„Nei" — svarede hun og smilte igjen op til ham; „De vil kanske endog finde, at det er noget godt, siden det med et Slag opfylder Deres Ønske."

„Fortæl — fortæl!" — raabte han ivrigt i en Tone, som skulde betyde henrykt.

Hun mærkede intet, — optaget som hun var af det, som hun nu skulde fortælle ham, — af dette Øieblik, da hun løste Fællesskabet med den ene Mand, for at knytte et nyt med en anden.

Hun begyndte derfor roligt, som vilde hun bede ham give Taal; det blev en lang og alvorlig Historie:

„Ja — kjære Mordtmann! — jeg har skilt mig fra min Mand og er kommen til Dem; men først er der noget andet —"

„De har — siger De — skilt Dem — jeg forstaar ikke —"; han saa med en Gang hele den lille By staa paa Hovedet: Fru Professorinde Løvdahl løbet fra sin Mand, for at slaa sig ned for Natten i hans Ungkarleleilighed!

Gjennem Fru Wenche gik der en liden Trækning; hun saa hurtigt paa

101

ham og sagde — ligesom henkastet:

„Det vil sige, jeg havde en heftig Scene med min Mand; og derfor gik jeg herhen, for at bede Dem om et godt Raad."

„Aa — kjæreste Frue! — jeg vil gjøre alt for Dem; fra først af gjorde De mig ganske forskrækket; men det var alligevel temmelig uforsigtigt af Dem at komme paa denne Tid," — han satte sig ind til hende i Sofaen.

Men Fru Wenches Ansigt blev ganske stivt, og Rynker, som aldrig var der før, strammede sig nedover ved Munden. Hun, som altid selv talte Sandhed, havde faaet et lydhørt Øre for det, som var hult og ikke til at stole paa; i dette Secund gjennemskuede hun ham helt og ubønhørligt.

Og havde hun ikke gjort det før, saa var det, fordi hendes egen spirende Kjærlighed havde gjort hende tillidsfuld og blind; og desuden havde der — især ved deres sidste Møde været saa megen virkelig Lidenskab i ham.

Men nu, da hun i sin første Tvivl lagde den lille Snare for ham, forraadte han sig strax. Der var i hans Stemme saamegen Lettelse ved at høre, at det ikke var saa alvorligt — bare en heftig Scene med Manden, — at det med en Gang stod klart for Fru Wenche, at hun stod lige paa Nippet til at kaste sig bort, — gaa fra Feighed og Hykleri lige over i Armene paa den falskeste Falskhed.

Hun stod op og saa ham ind i Øinene. Han reiste sig ogsaa, famlede efter Ord, fægtede saa godt han kunde mod disse Øine, der borede sig i ham uden at kunne pareres.

Et Par Secunder holdt han det ud; men da maatte han se væk. Og da han igjen saa op, blev hans Ansigt meget blegt, og han holdt Hænderne op, somom han var bange, noget vilde falde over og knuse ham.

Men da var Fru Wenche færdig med mam. Hun rakte Haanden frem, som for at gribe det Glas Vin, der stod paa Bordet; i dette pinefulde Øieblik fik hun en bestemt Angst for at besvime her — heroppe hos ham! men hun tvang sig med al sin Magt, holdt sig opreist og gik. —

— Hun var kommen gjennem de stille, menneskelomme Gader saa langt, at der ikke længer var Gaslygter; hun mærkede det først, da hun snublede og ikke kunde se Veien længer.

Langs med Kanten var sat store Stene, og dybt nede hørte hun det tunge Drag af Bølgerne, som løftede sig opimod Fjeldet og raslede ned igjen — sugende og slidende i den seige Tare.

Fra Lysene inde i Byen blinkede smaa Striber henover Fjorden mod hende; men hun vendte sig bort, satte sig paa en Sten og saa udover i Mørket.

„Stakkels lille Abbemand — stakkels lille Abbemand!" gjentog Fru Wenche halvhøit. Han var den sidste, hun tog Afsked med; han var det eneste, som bandt hende.

Thi hun var færdig, ganske færdig med Mordtmann. Hun skammede sig; hun følte sig nedværdiget og besudlet ved at have ladet sig narre saa langt af dette Menneske. Men ikke blot hendes Kjærlighed havde han trukket i Støvet; men alle hendes Ideer, hendes kjæreste og modigste Tanker havde han gjort modbydelige for hende; hun kunde ikke stole paa noget eller nogen efter dette, — ikke heller paa sig selv.

Og naar hun nu gik bort fra sin Mand, havde hun ikke længer nogen Bebreidelse. Alt det hos ham, som i deres Samliv havde holdt ham oppe i hendes Øine — det var ganske udslettet ved den sidste Forhaanelse; der var brudt frem en Raahed — netop det brutalt Mandfolkeagtige, som hun hadede, og som han hidtil med Kunst havde vidst at skjule for hende.

Nei — ham vilde hun ikke vende tilbage til!

Og den lille Stakkel hun tog med sig voldte hende heller ingen Uro; thi nu stod det saa vist og tydeligt for hende, at det var en Velgjerning — den sidste, hun havde Anledning til —, at slukke Lyset, før det blev tændt, at forskaane denne lille Mulighed for et Livs tvivlsomme Gave.

Og i hendes uhyre Ensomhed — yderst paa Randen af et Liv, hun følte sig nødt til at opgive, blev der for hende et lidet Skjær af Moderglæde, — somom hun holdt sit lille grædende Barn i sine Arme og bar det med sig ind i den velsignede Søvn.

Men Abraham! — det Barn, hun havde, — var han da saa ganske tabt for hende, at hun umuligt skulde kunne gjenvinde ham?

Atter og atter gjorde hun dette Regnestykke; og hvergang hun syntes, det kunde gaa op, kom der noget og forstyrrede det hele for hende.

Nei! — hun kunde ikke gavne ham mere ved at leve, saaledes som hendes Liv herefter maatte blive, — det var umuligt!

Derimod kunde hun tænke sig, at Mindet om hende kanske en Gang i hans senere Liv kunde blive ham en Støtte eller en Hjælp til Opreisning, om det nogensinde — og det var hendes Haab — skulde gaa op for ham, at hun — hans Moder — var den, som havde strævet for at holde ham sund og sand, og at de andre — de havde forgiftet hans Ungdom og gjort ham feig og upaalidelig.

Fru Wenches Hoved var snart ikke istand til mer; hun var blot absolut klar over en Ting: Beslutningen. Hendes pinefulde Opgjør med Livet havde trættet og begyndte at afstumpe hendes Tanker; hun mærkede det selv og gik hen til den nærmeste Gaslygte, for at se paa sit Uhr.

103

Klokken var bleven tolv.

Fru Wenche havde hele Tiden vidst, hvorledes hun vilde gjøre det, og hun havde tænkt paa dem, som skulde leve efter hende.

Hun svøbte sig i sin Kaabe og saa udover Fjorden og indover mod Lysene i Byen; og hun samlede sin Ungdom, sin Glæde, sin Lykke, alt det, hendes Liv havde kjendt af Solskin, lod alt i halvklare Omrids drage sig forbi og valgte derpaa atter Mørket, — træt, men fast og uden Vaklen.

Derpaa gik hun hurtigt tilbage gjennem Byen og lige hjem.

XII.

Professoren vakte Forbauselse i Klubben ved at blive der til over Ti og drikke Toddy.

Han var nemlig ellers saa sikker som et Uhrværk; Spilleparti paa Klubben hver Fredag Aften, men alle andre Dage hjem Klokken ni præcis. At se ham som i Dag — en Tirsdag spise sin Aftensmad heroppe, og siden spille à la guerre med nogle yngre Herrer, var et stort Særsyn.

Han lo ogsaa selv deraf og var meget oprømt.

Men da han kom hjem — Klokken henad elleve, blev han forbauset og ubehagelig tilmode ved ikke at finde sin Kone i Sengen.

Han havde beregnet at hun skulde sove — eller lade somom hun sov, naar han kom saa sent hjem; og han vilde ikke for nogen Pris have en Samtale iaften, mens det endnu var saa nyt og heftigt.

Han regnede efter, hvor hun vel kunde være. Mange Veninder havde Fru Wenche ikke; men der var dog altid en tre fire Familier, ed hvilke de levede i saa nær Omgang, at hun kunde gaa derhen en Aftenstund uden at være indbuden og uden at melde sig forud. Men Klokken halv elleve var en sen Tid til at komme hjem fra et saadant Besøg.

Det faldt ham fra først af ikke ind, at der kunde være noget iveien. Han saa efter, om hun havde taget den anden Gadedørsnøgle med sig; og da den var borte, tog han sin ud af Laasen, forat hun kunde slippe ind.

Hvor hun end var, vidste han, at de i Huset vilde sørge for, at hun blev fulgt hjem; og forøvrigt var Byen ikke paa nogen Maade farlig at færdes i selv sent paa Aftenen for en Dame saa vel kjendt som Fru Professorinde Løvdahl.

Han klædte sig da hurtigt af og gik iseng, forat han kunde lade, somom han sov, naar hun kom hjem. Det var ham fremfor alt om at gjøre, at denne Samtale, som han vidste maatte komme, blev udsat til imorgen.

104

Om Aftenen var det umuligt; det førte bare videre i Heftighed og Uvenskab. Men om Morgenen var alt reduceret og mindre betydeligt, de mest brændende Stridsspørgsmaal lod sig behandle lempeligt som Smaating i den kjølige Morgenluft.

Professor Løvdahl var sig fuldtvel bevidst, at han havde forløbet sig og saaret sin Kone paa det dybeste. Som korrekt Mand skammede han sig ved at have forraadt en Stemning, han havde sat sin Ære i at holde skjult.

Overfor sin Kone skammede han sig næsten mindre, fordi han selv vidste, at han ikke havde ment hine onde Ord i Alvor, og fordi han jo var saa ganske vis paa, at hun selv med lidt Eftertanke snart vilde indse, at det bare var et Ord, som var faret ham af Munden i den første Uvilje.

Thi det var unægteligt en forbandet Historie med det nye Barn.

Nu havde han i saa mange Aar vænnet sig til Tanken om denne ene Søn. Saavel i sin egen Fattigpraxis som i sine statistiske Studier havde han seet saa meget af de sørgelige Følger af Talrigheden blandt Børnene; han havde selv talt og skrevet saa meget og saa skarpt derimod.

Faldt der nu ikke et Skjær af Latterlighed over ham, naar han efter femten, sexten Aars Forløb — paa sine gamle Dage skulde begynde at praktisere mod sin egen Theori? Alle de Vittigheder, han skulde døie; Smil, Hentydninger og gjennemsigtig Ondskab.

Og saa dertil Forstyrrelsen i Huset; al den Uleilighed og Uhygge, som let lader sig bære, mens man er ung og det er nyt; men som bare forstyrrer og sætter Huset paa Ende, naar man er kommet vel iorden.

Det var alt dette, som ved et var faldet over ham, havde forbundet sig med den onde, ophidsede Stemning, hvori han en Tid havde gaaet, havde endt med at tage Fodfæstet fra den beherskede, fine Mand og fremkaldt de Ord, der paa en vis Maade forraadte hans Hemmelighed, skjønt han i Virkeligheden var langt fra at mene, hvad han sagde, saaledes som Fru Wenche maatte forstaa det.

Men imorgen kunde det altsammen tage sig bedre ud. Ved selve Sagen var der jo ingenting at gjøre, og Carsten Løvdahl var just Mand for at tage det uundgaaelige med al mulig Anstand. Han var ogsaa beredt til at gjøre Undskyldning og give sin Kone enhver Opreisning; men i Ro, halvt i Spøg. overlegent, — imorgen.

Han slukkede Lyset; det var igrunden allerbedst at sove rigtig: men det vilde ikke lykkes ham; han kunde ikke falde isøvn.

Tværtimod blev han overordentlig vaagen, anspændt, varm og nervøs, — laa og lyttede efter den mindste Lyd; og det forekom ham, at der var fuldt af Lyd i den stille Nat, hvori Byen sov med et forsvindende Fodtrin ude paa Gaden.

Og en Angst voxede op i Mørket, hurtigere og hurtigere med fantastiske Omrids, nærmere og nærmere indpaa ham, tungere og mer knugende for hvert femte Minut, naar han troede, der var gaaet et Kvarter og tændte en Fyrstikke.

Hvor blev hun af? — over halv tolvQ nu maatte der være noget galt paafærde.

Deres sidste Samtale, hendes Skrig, da han flygtede, fordi han frygtede at fortsætte Samtalen — alt stod for ham. — Og hun, som var saa heftig og hensynsløs.

Disse overspændte Naturer! — han kjendte dem, hvad kunde de ikke falde paa. Hvor var hun i dette Øieblik? — det svimlede for ham; gik hun vildsom ude i Natten? — eller laa hun allerede og fløb udfor de bratte Fjelde i Fjorden?

Han satte sig overende i Sengen og tændte Lys. Han talte beroligende til sig selv som til en Feberpatient; men det hjalp ikke. Endelig hørte han hende i Gadedøren.

Strax slukkede han Lyset, lagde sig ned og pustede langt og regelmæssigt, somom han havde sovet længe. Han følte sig uendeligt lettet og smilte over sin Frygt.

Fru Wenche kom ind og tændte Lys og tog sin Kjole af, mens hun opmærksomt iagttog sin Mand; han sov trygt og roligt.

Stille og varsomt — saa ikke en Nøgle raslede, lagde hun sin Haand over hans Nøgleknippe, tog Lyset med sig og gik ud af Soveværelset.

Han mærkede, at hun gik ud igjen; men tænkte ikke videre over det. Nu var hun kommen hjem, han Sorg var slukt, imorgen skulde det nok klare sig. Og som han nu beroliget og træt af Sindsbevægelse laa og lod, somom han sov, sovnede han virkelig og sov trygt og roligt i en to-tre Timer.

Men da han udpaa Natten vaagnede og kjendte, at hans Kones Seng var tom og kold, fór han igjen op i Angst, fik Lyset tændt og saa sig om. Alt var stille; Klokken var over tre, han saa intet Spor af sin Kone uden Kjolen, hun havde lagt fra sig.

Carsten Løvdahl kjendte sit Hjerteslag stanse, og det stod ham klart, at nu var der alligevel noget galt paafærde. Han tog sig sammen og væbnede sig med al den Sindsro, som laa i hans Natur, og som Livet og hans Arbeide havde styrket og udviklet.

Da han havde faaet sig halvt paaklædt, tog han Lyset med, for at gaa og lede efter hende.

Gjennem Stuerne saa han en Lysstribe fra sit Kontor, Døren stod paa Klem. Han maatte stanse lidt; men derpaa gik han de faa Skridt henimod Døren; han vidste nu, hvad han vilde faa se.

Alligevel maatte han holde sig fast, og Lysestagen var nær faldet ham af Haanden.

Stivt udstrakt i hans store Lænestol laa Liget af Fru Wenche. Lyset paa Bordet var næsten nedbrændt; og ud af hendes Haand, som hun i sidste Øieblik havde strakt hen over Bordet, var der trillet en af hans smaa Flasker, som han kjendte.

Han satte Lyset fra sig og vilde kaste sig ned over hende. Men en Tanke skjød pludseligt frem i ham og gjorde ham stærk og kold: det gjaldt at tænke paa, hvad der nu maatte gjøres, hvad der endnu kunde skjules; det var Tid at være en Mand.

Og atter dæmpede han alt med hele sin vanestyrkende Beherskelse, holdt et Speil frem for hendes Mund, skjønt han nok kunde vide, at Døden var fulgt strax, naar Flasken var tom. Han tog den og satte den ind igjen og lyste paa Gulvet, for at finde Proppen.

Derpaa lukkede han sit Medicinskab og stak Nøgleknippet i Lommen.

Med Ansigtet bortvendt bøiede han sig over hende, løftede hende op og bar hende gjennem Stuerne ind til hendes Seng.

Da han saa havde faaet Lysene ind i Soveværelset og endnu en Gang seet sig omkring, gik han ovenpaa og vækkede Pigerne. En løb strax over Gaden, forat hente Distriktslæge Bentzen: — Fruen var syg, farlig syg; det gjaldt om Liv og Død. Men ingen maatte vække Abraham.

Da Professoren var bleven alene, hentede han endnu noget fra sit Medicinskab.

„Det er alt forbi — kjære Ven! — her er intet mere at gjøre, — et Hjerteslag — aldeles pludseligt —" sagde Professoren, da han mødte Bentzen ude i Gangen.

„Stakkels Ven!" svarede Bentzen og knugede hans Haand; „— kom jeg for sent til at hjælpe dig?"

„Ak nei du! — jeg kom selv paa en Maade for sent. Ser du; jeg laa og sov; hun gik senere i Seng end jeg; og saa stille og pludseligt er det gaaet, mens hun klædte sig af, at hun allerede var uden Bevidsthed og i Dødskampen da jeg vaagnede."

Professor Løvdahl talte spændt og udførligt som en Morder, der vil give Indtryk af Frimodighed.

„Du har givet hende Moskus?" — spurgte Doktor Bentzen lidt

107

overrasket, idet han bøiede sig over hende.

„Ja — hvad skulde jeg gjøre?" — spurgte Professoren og slog ud med Hænderne; „fortvivlet og alene som jeg var — det var strax før du kom, — greb jeg, hvad jeg havde ved Haanden. Men hun var uden Tvivl allerede død, da jeg hældte det i hendes Mund. Jeg har altid frygtet for Wenches Hjerte; — men at det skulde gaa saaledes —"

Bentzen lagde sin Haand paa hans Skulder. „Vær en Mand — Løvdahl! — vi to har seet saa meget af denne Art, at vi bør vise Kraft, naar det rammer os selv. Jeg ser ogsaa, du er fattet, og desuden saa ved jo du — Gud ske Lov og Tak — hvor du skal finde den bedste og vigtigste Trøst."

Distriktslæge Bentzen fandt altid nogle gudelige Vendinger ved saadanne Leiligheder, skjønt hans Mund til daglig Brug kunde være fuld nok af Forbandelser og uhumske Historier.

Men da han var gaaet, Gadedøren lukket, det værste skjult og Stillingen reddet, da brød Carsten Løvdahl sammen; han lukkede sig inde med den Døde, kastede sig ned ved Sengen og stønnede.

Saaledes var det endt — hans Ægteskab. Det havde været for ham en lang Kamp, i hvilken han bestandig havde tabt — denne Gang ogsaa.

Han havde kjæmpet for at vinde sin Kone anderledes end i Forelskelse. Hun skulde lære fuldt ud at paaskjønne ham — ogsaa paa den Maade, at hun erkjendte hans Livsanskuelse for den rette og bøiede sig.

Carsten Løvdahls Forfængelighed var hans Karakter; alt havde bidraget til at styrke den; — alene hans Kone vilde ikke bøie sig.

Og eftersom de i Samlivet lærte hinanden at kjende, forstod han, at der blev mindre og mindre Udsigt til, at hun skulde komme til at underkaste sig i Beundring, og desto ivrigere blev han, for at seire.

Det skulde dog tilslut engang vise sig, at hun ingen Vei kunde komme uden ved ham; og alle hendes overspændte Ideer skulde engang blive til det, de var: Talemaader og store Ord.

Men alligevel imponerede hun ham. Denne hensynsløse Freidighed, dette faste, sikre Blik, som han følte hvile paa sig, om hun saa var i den anden Ende af Selskabet, hvergang han behændig og behagelig slog en liden Volte med Sandheden, — alt dette trykkede ham, irriterede ham, fordi han aldrig kunde bringe hende til at vakle.

Kun paa et Punkt havde han seiret, og det var i Kampen om Abraham. Men Samtidigt var der kommet noget andet til, som var værre end alt og som havde bragt Ødelæggelsen med sig.

Thi den Hemmelighed, han gjennem sit hele Liv havde gjort sig den største Umage med at holde skjult, var den, at han var skinsyg, — stille, indædt skinsyg. Men ligesom hans Forfængelighed aldrig viste sig i noget, som kunde have den fjerneste Lighed med Praleri, saaledes stak hans Skinsyge aldrig Hovedet frem i Heftighed og Overilelse.

Han mindedes bestandig et Ord fra sin Ungdomslæsning: en skinsyg Mand er altid latterlig, men allermest, naar han kommer løbende med en Dolk.

At blive latterlig var for Carsten Løvdahl Yderpunktet af menneskelig Jammerlighed; og derfor havde han en Gang for alle givet sig selv det Løfte: aldrig at komme løbende med Dolken.

Det vilde hellerikke ligne ham; og hvor dybt han end kunde føle sig saaret, og hvor snar han end var til at opfatte den mindste Krænkelse eller Tilsidesættelse, saa kom der aldrig en Skygge over ham, som nogen kunde bemærket.

Derfor havde han, ligefra de blev gift, valgt den Methode at lade, somom han ingenting saa eller forstod; elskværdig og imødekommende mod de unge Mænd, som efterhaanden nærmede sig hans Kone, og i sin Omtale af dem fuld af Lovtaler, saa at hun selv næsten blev kjed deraf.

Samtidig holdt han sig selv lidt i Baggrunden; lod alt det kavalermæssige ved sin Person komme rigtig frem; gik tilside eller var ved Haanden saa diskret og trofast, at den unge Frue, hvis fulde Kjærlighed han dog ikke besad, alligevel valgte at vende tilbage til ham, naar et Forhold begyndte at foruroligt hende. Tilslut var han dog den, hun kunde have mest Tillid til.

Men hver Gang han havde overstaaet en saadan Krise, forstod Carsten Løvdahl, at det blev vanskeligere næste Gang. Dette var ogsaa en af Grundene, hvorfor han havde forladt Hovedstaden. Her i den mindre By gik det bedre.

Vistnok gjorde Overlærer Abel sine stilfærdige Haneben, og det ærgrede Professoren; men i Virkeligheden var det dog saa uskyldigt.

Det syntes, somom han endelig skulde faa Fred for sin Orm; — men saa kom Mordtmann!

Ligefra hin ulyksalige Middag, som Professoren havde givet, fordi han fandt, det var hans Pligt, og fordi Fru Wenche hidtil saa utvetydigt havde vist Mordtmann Ligegyldighed, — ligefra det Blik, hvormed hun takkede den unge Fremmede for Hjælpen i den store Samtale om Skolen, — fra dette Øieblik vidste ogsaa Carsten Løvdahl, hvorledes det vilde gaa, — det vil sige: han havde ingen Anelse om, at det vilde ende saaledes.

Men han forudsaa en ny Prøvelse, og fremtog sin gamle Methode: han

109

tegnede Aktier i Fabriken „Fortuna", gik ind i Direktionen og indbød Mordtmann med sit forbindtligste Smil.

Men han mærkede snart selv, at det gik ikke med den gamle Lethed. Det blev ham med hver Dag vanskeligere at beherske sig; intet undgik hans Øie, han vidste alt, og forstod alt; han saa Forholdet knyttes, voxe og voxe — længe før og langt klarere end Fru Wenche selv saa det.

Og det kogte op i ham; det var umuligt at spille Komedie længer, men hans Hus truede med at styrte sammen for Alvor; den gamle Methode kunde ikke hjælpe; han maatte gribe ind — enten mod den ene eller hos den anden.

Han stødte sin Stok mod Trappen hin Aften, da Mordtmann kom ud med hele den lidenskabelige Scene skrevet i sit Ansigt, saa at Professoren læste den i et Secund, — han stødte sin Stok mod Trappen, men følte i samme Øieblik, at det var sidste Gang, han formaaede det.

I et Par Dage var han gaaet saaledes; men idag kom han hjem, for at sige det altsammen til sin Kone — altsammen, saaledes som det havde sig fra den første Dag til idag. Han tænkte ikke længer paa Ydmygelsen; han v i l d e beklage sig, — det havde han Ret til; han vilde kalde hende tilbage til den Pligt, hun som den retskafne Kvinde ikke kunde nægte eller undslaa sig for.

Men saa var det det uheldige — denne Nyhed, hun mødte ham med —, saa ubehagelig, saa lidet anet. Og da mistede han den Besindighed, han med saa megen Møie havde holdt paa; han var ganske ude af sig selv, da han slyngede hende den sidste Fornærmelse i Ansigtet.

Han vilde sagt hende, — han kom for at sige hende, at han ikke troede hende længer, at han var begyndt at tvivle; han vilde advare hende, bede og han vilde tale haardt til hende, alt eftersom Samtalen førte dem.

Men det var langt fra ham at ville paa den Maade fornærme hende. At hendes Hjerte kunde bøies fra ham, — det vidste han, og det var jo hans Skræk; men det vidste han ogsaa, at var det skeet og Valget bevidst truffet, saa vilde hun strax af sig selv komme til ham og fortælle det.

Utro — paa nogen anden Maade —, det vilde han aldrig tro for Alvor om hende.

Og allermindst i dette Øieblik troede han det, som han sad hensunken i sine tunge Tanker og stirrede paa hende.

Hun laa saa ren og stille, saa overlegent i sin fuldførte Beslutning.

Han sad der og følte, at hun havde seiret en Gang til og afgjørende.

Thi det, som havde holdt ham oppe hos hende, var netop, at han tiltrods for alt det, hun kaldte Usandhed og Feighed, alligevel bevarede noget ridderligt, som tiltalte hende og som hun kunde respektere.

Men nu havde han just i deres sidste Møde vrængt det værste af sig selv ud, fremvist sig selv i det hæsligste Billede, og med dette Billede var hun gaaet bort.

Han reiste sig op i den bitreste Bitterhed; hans Kjærlighed til hende havde nærmest været en brændende Lyst til at tvinge hende ned til ærbødig Beundring, — først da var ogsaa han beredt til at beundre hende.

Nu var han ubønhørligt tilintetgjort; hun havde foragtet ham fuldt ud, havde vendt ham Ryggen og var gaaet.

Al hans Sorg og Skuffelse, hele den Rest af Kjærlighed, som ikke var helt opslugt af hans Forfængelighed, vendte sig i dette øieblik til Had mod Mordtmann; det skulde nu være hans Liv: at tvinge ham iknæ, hævne sig og sit Nederlag; andet var der ikke for ham.

Men han havde glemt Abraham — Abraham var der jo, hendes Søn; — og ved denne Tanke løstes noget af Bitterheden. Ham skulde han dog tvinge til Beundring; han skulde modtage den Kjærlighed, han bød ham, med Tak og Gjenkjærlighed, saaledes som Carsten Løvdahl vilde elskes.

Han vilde hjælpe Abraham at bære Sorgen, — han skulde faa Lov til at sørge; men dernæst vilde han danne og udvikle ham i sit Billede, bringe ham saa langt frem, saa høit op — ligesaa høit som han elskede ham; saa skulde Sønnen ialfald yde ham, hvad han aldrig havde opnaaet hos Moderen.

Professoren tog Lampen, for at vække Abraham og saa lempeligt som muligt fortælle ham, at han havde mistet sin Moder.

Pigerne var ikke gaaede i Seng igjen; de ventede med Utaalmodighed, at det skulde blive Dag, saa de kunde komme ud og løbe med Nyheden; imens fyrede de i Ovnene og kogte Kaffe.

Abraham havde mærket isøvne, at der blev lagt i Ovnen inde hos ham, og derfor havde han et Indtryk af, at det snart var Skoletid.

Da han nu blev vækket af sin Far, fór han iveiret og troede, han havde forsovet sig.

„Er Klokken otte?"

„Nei — Gutten min! — Klokken er ikke mere end sex; men jeg vækker dig, fordi jeg har noget sørgeligt at fortælle dig. — Du maa være stærk — Abraham! — og bede Vorherre styrke dig; for vi har inat beggeto lidt et stort Tab. Din Moder blev pludselig syg —"

„Er Moder død?" — raabte Abraham fortvivlet og greb fat i Faderen.

„Rolig — Gutten min! — du ser, jeg er rolig; du maa ogsaa bære det som

111

en Mand, saa ung som du er. Ak — ja! Vorherre har paalagt os begge en tung Prøvelse; din Moder blev inat pludselig syg, — det var et Slagtilfælde, som ingen menneskelig Magt kunde afbøde, og nu — nu har hun det godt, og vi to ere alene."

Abraham var endnu ikke rigtig klar i Hovedet; han greb ivrigt efter sine Klær i en ubestemt Trang til at komme op og ind til Moderen.

„Nei, nei — Abraham! — lig du stille! det er endnu saa tidligt paa Dagen, og du faar Tid nok til at sørge — din Stakkel!"

„Men Far — Far! — er det ganske vist!" Abraham brød ud i en heftig Hulken og kastede sig ned i Puderne.

Længe sad Faderen ved Sengen og klappede ham paa Hovedet. Men da Graaden efterhaanden stilnede, reiste han sig:

„Nu kan du ligge, til det bliver lyst — Abraham! — eller saa længe du vil; du skal ikke gaa paa Skolen i disse Dage; jeg skal snart komme ind til dig igjen."

Det var saa underligt, saa umuligt at faa det rigtig ind i Hovedet, at Moderen var død, uigjenkaldelig død og borte, — „død" — gjentog han halvhøit for sig selv.

Han sad overende i Sengen og stirrede mod det røde Punkt i Ovnsdøren, indtil Graaden igjen kom over ham, og han lagde sig ned og hulkede; han skulde ikke paa Skolen, det var endda godt; han græd, til han sovnede og sov længe.

Hvergang han holdt paa at vaagne, stod det for ham, at noget uhyre tungt ventede paa ham; men han skulde ikke paa Skolen, og saa skjød han det fra sig.

Saaledes kom han ikke til at staa op før klokken elleve. Der var sat Frokost ind til ham, mens han sov; men han kunde ikke spise; han var ligesom halvt bedøvet.

Abraham gik tilslut ud af sit Værelse og vilde gaa over den smale Gang til Forældrenes; men Døren var laaset, saa han maatte gaa Kjøkkenveien.

Der blev han først overrasket ved at finde den Kogekone, de pleiede at have i Selskaber, ifærd med at skrabe Kjød, og paa Komfuren stod en stor Gryde og kogte Kjødsuppe.

Abraham gik gjennem Dagligstuen, for at komme til Soveværelset. I Stuerne opdagede han Fru Bentzen og flere Damer, han kjendte; de var alle sortklædte, og udover Borde og Stole laa meget hvidt Tøi; overalt lugtede der af Moskus.

Han sansede ingenting klart, før han stod ved sin Moders Seng.

112

Der laa hun, nu saa han det.

„Mor" — sagde han ganske sagte; — „Mor!" — raabte han igjen lidt høiere.

Da var det, somom det vilde kvæle ham; — han forstod med ét den ubønhørlige Død, og han kunde ikke græde.

Faderen kom stille ind, talte venligt med ham: „vi to Abraham! faar holde sammen; hun har udstridt; se, hvor fredeligt hun ligger."

Derpaa førte han ham lempeligt ud af Soveværelset.

Der var en kjærlig Stemning og en stille, dæmpet Travlhed i Huset; de hvide Gardiner skulde hænges for Vinduerne jo før jo heller, og Huset var stort med mange Vinduer til to Gader.

Kun i Professorens Kontor maatte ingen komme. Derind tyede Abraham.

Faderen sad og skrev Telegrammer, stansede af og til og sukkede, Abraham stod og saa ud i Gaarden, hvor Høstregnen silede ned jævnt og ørkesløst.

Professoren blev forstyrret af en bleg, blid Mand, som Abraham vidste var Bedemanden; og imens de snakkede, listede han sig ind i Sovekammeret igjen.

Der sad han og stirrede paa Moderen, græd næsten ikke, bare stirrede som lamslaaet paa de kjendte Træk, som han ikke kunde faa til at røre sig. Mon ikke alligevel de andre kunde tage feil? — tænk om hun nu vendte sig til ham og sagde: „Abbemand! jeg er ikke død."

Faderen kom atter og fandt ham her; talte lidt med ham; men førte ham derpaa lempeligt ud af Kammeret.

Professoren hviskede i Forbigaaende et Par Ord til Politimesterens smukke, lille Frue; og lidt efter bad hun — det skulde lyde saa tilfældigt; man Abraham forsod godt —:

„Aa — vil du ikke komme hen og holde paa Trappen — Abraham! og række mig Knappenaalene efterhvert?"

Hun stod oppe paa Kjøkkentrappen og hæftede Gardiner op.

Abraham gik hen og hjalp; Damerne kappedes om at beskjæftige ham og udtømte sig i Lovtaler over, hvor han var flink og behændig. Og saaledes gik Dagen til Middagstid.

Da forstod Abraham ogsaa Kogekonen. Thi et langt Bord var dækket i Storstuen; alle de hjælpsomme Damer skulde spise der.

Abraham fandt sin vante Plads; men da han løftede sine Øine og saa, at Fru Bentzen sad ved Siden af ham foran Terrinen og øste Kjødsuppe

113

for, da brast han pludselig i høi Graad og maatte fra Bordet.

Og da først løstes Sorgen i ham og vældede over ham som et Hav, — den største og bitreste Sorg, som der ikke er Trøst for i saa ungt Hjerte; — den heftige Barnesorg, om hvilken de Voxne tror, at den saa hurtigt forvindes, fordi der saa snart gror saa meget over.

Men med en livagtig Bitterhed som ingen anden lægger denne Sorg sig dybt i Grunden, og alt, hvad der siden kan voxe i et Hjerte, det gror op af denne hellige Sorg.

Livet og Tiden kan efterhaanden bøie og forandre; men et fælles Mærke, et fælles Smertens Sted vil der altid forblive for dem, der netop havde faaet Evnen til at forstaa og lide, for strax at skulle begynde med det allertungeste Tab — det eneste, som aldrig kan erstattes.

XIII.

Vinteren gik stille for Abraham; han sørgede og savnede tungt i Førstningen og sad mangen Aften og græd i Ovnskrogen i den tomme Stue.

Men Faderen tog sig paa alle Maader af ham, talte og spaserede med ham og lod ham invitere Broch og andre Venner til sig saa ofte, han havde Lyst.

Alle Mennesker tog sig forresten af ham; hele Byen strømmede over af Medlidenhed med den stakkels moderløse; skjønt jo de fleste mente i sit stille Sind og i fortrolige Stunder, at en Moder som Fru Wenche var det kanske bedre at undvære.

Hendes pludselige Død blev et rystende Exempel for Menigheden; og mange, som længe ikke havde været i Kirken, mødte nu frem, for at høre Præsterne prædike om de ubodfærdige som indhentedes af Døden midt i deres Synder og Gjenstridighed.

Professor Løvdahl sad i sin Stol og hørte paa dette med sit smukke, sørgmodige Udtryk og foldede Hænder. Abraham sad der ogsaa og dukkede sig for alle de Øine, som søgte hen til ham. Han vidste ikke, hvad han skulde tænke om sin Moder.

Men et Indtryk, som oftere kom igjen, var den Tanke, at nu kom hun altsaa ikke ind til ham om Morgenen paa Konfirmationsdagen, for at tage ham i Forhør.

Han kunde endnu tydelig se for sig, hvorledes hun vilde komme ind ad Døren med disse uundgaaelige Øine, hvad skulde han svare?

114

Nu var den Sorg slukt; han skammede sig over, at det var ham en Lettelse at tænke paa; men det var dog saa.

Professoren, som allerede før var afholdt, blev fra nu af ligefrem dyrket.

Fra Mund til Mund gik flere udførlige Beretninger om hin skrækkelige Nat, da han vaagnede og fandt sin Kone døende, og alle vare opbyggede ved at iagttage hans mandige Sorg og den smukke Maade, hvorpaa han søgte Trøst i Religionen.

Men Fru Wenches sidste Aften blev nøie gransket; hvor havde hun været?

Fru Politimesterinden kunde snart oplyse, at hun havde været hos Mordtmann, — rigtignok kort Tid; men ti Minutter kunde snart blive til tyve, naar man trak lidt i dem. Og desuden: meget lod sig — ialfald aftale i kort Tid. Mordtmann var samme Aften reist til Bergen.

Spørgsmaalet — Hovedspørgsmaalet var nu, hvor havde Fru Wenche været henne fra Klokken lidt over ni og til Klokken over elleve? — se det var det værste; Bergensdampskibet afgik først ved Midnat.

Men saa maatte baade Fru With og Fru Bentzen tilstaa, at de vidste — vidste ganske sikkert, for de havde begge forhørt sig, at Fru Wenche havde tilbragt Aftenen hos denne saakaldte Fru Gottwald, som hun undertiden besøgte, — Fru Wenche holdt sig altid helst til Folk, som der var noget iveien med. Dette ødelagde Fru Politimesterindens Kombinationer og stansede Efterforskningerne. Fru Gottwald havde endog tilføiet, at Professorinden havde befundet sig meget ilde hele Aftenen.

Sent den samme Aften havde Fru Gottwald været oppe hos lille Marius paa Kirkegaarden; og da hun gik nedover til Byen igjen, saa hun ved den sidste Gaslygte Fru Wenche med et Ansigt, hun aldrig kunde glemme.

Da saa Rygterne begyndte at løbe den næste Dag, var der noget i Fru Gottwald, som forstod eller anede det hele, og hun satte sin lille Løgn igang fra sin Butik.

Havde ikke Fru Wenche været den eneste, hvis Venlighed var ærlig og ikke trykkede hende; og desuden var hun jo Moder til Abraham.

At intet Rygte om den sande Sammenhæng saa Lyset, kom alene deraf, at det ikke faldt nogen ind; det vilde være noget altfor uhørt. Og ved Professorens og Doktor Bentzens, Pigernes og Fru GottWalds fuldstændige Sikkerhed blev der ingen Opfordring til Tvivl.

Ellers vilde det jo været en jubel for alle de fremme Hjerter med de rappe og uforfærdede Tunger at dynge, hvad det skulde være paa den

115

Vantros Hoved — hun som holdt med Fritænkerne og aldrig gik i Kirke.

Men — Gud være lovet! — der var da nok alligevel at sige paa hende; og Fru Wenche fik en lang Gravskrift, i hvilken intet blev glemt.

Alt dette laa saa stærkt i Luften, at Abraham ikke kunde andet end mærke det mange Gange. Han blev ængstelig for at nævne sin Moder, og det forstyrrede ham i hans Sorg, — især i denne Tid, da han gik for Præsten og hørte Religion to Gange om Ugen foruden Søndag.

Nu var han fuldstændig forandret, og selv Rektor maatte indrømme, at Abraham Løvdahl var en Discipel, som Skolen i alle Maader kunde være stolt af. Han nedlagde da ganske sin Uvilje mod ham; og alle Lærerne havde forlængst glemt Historien med lille Marius. Flittig og underdanig smøg han sig gjennem Skolen ved Siden af Hans Egede Broch, og mange begyndte at anse ham for lige saa flink.

Kun blandt de fortroligste Venner var han den gamle — ja værre end før; og det varede ikke mange Uger efter Moderens Død, før han igjen var Midtpunktet i deres Kreds.

Alle vare fornøiede med ham; men især Provsten Sparre. Havde han begyndt med en liden Uvilje mod dette unge Menneske, saa forandrede den sig til den mest udprægede Forkjærlighed.

Det var netop en Gut efter hans Sind, stille, beskeden og med et belevent Væsen; flink i sin Kristendomskundskab som faa og dertil i Besiddelse af en sjelden Evne til at følge en Tankeudvikling, „Han maa absolut studere Theologi; det er et usædvanligt klart Hoved," sagde Provsten ofte til Professoren.

„Ja — det faar nu blive som Vorherre vil føre det," svarede Professoren. Han syntes — oprigtigt talt — ikke, at Theologien var noget for hans Søn.

Men Provsten var i den Grad indtaget i Abraham, at han laante ham Bøger og endog indbød ham tilaftens.

Det var med helt underlige Følelser, at Abraham betraadte dette Hus, som for mindre end to Aar siden havde omsluttet hans hedeste Ønskers Maal, og til hvis Vinduer han havde sendt saa mange forelskede Blikke.

Der var endnu en hel Flok ugifte Døtre; hans fordums var den næstældste, og for et Aars Tid siden var hun bleven gift med sin Telegrafist.

Abraham gjensaa hende brunflammet i Ansigtet og af en sørgelig Façon. Hans Slot faldt sammen. Den Ridderstid med den trofaste lille Marius under Armen blev til at le af og skamme sig over; og den følgende Dag

116

laa Hans Egede Broch igjen flad af Latter, da Abraham gjengav sin Aften hos Provsten med „Gruppebilleder" af den fordums Elskede.

Imidlertid nærmede sig Paasken og Konfirmationsdagen; Abraham gruede for selve Dagen, som noget ubehageligt, der maatte gjennemgaaes; men som gjorde sin Nytte bagefter.

Professoren tog det meget alvorligt med sin Søns Konfirmation.

I det ensomme Hus og i de mange Tanker og Erindringer, som plagede ham, fik han Trang til at skynde sig med at gjøre sin Søn voxen saa fort som muligt. Et Værelse ovenpaa med Alkove blev møbleret og sat istand for Abraham, og paa Kirkegulvet vilde Faderen absolut, at han skulde staa i Kjole.

Det var ikke Brug længer. Konfirmanderne vare nuomstunder saa unge og smaa, at de altid gik i Trøie eller kort Frakke. Abraham stred derfor imod i det længste, fordi han generede sig.

Men Professoren forestillede ham, at han jo var ældre end de almindelige Konfirmander og desuden saa meget mere udviklet og voxen.

Abraham gav sig da; igrunden vilde han jo gjerne have Kjole; desuden skulde han faa Gulduhr med Kjæde, og Professoren havde endog tænkt paa snart at give ham Lov til at røge Tobak hjemme. —

Men om Morgenen selve Konfirmationsdagen, strax før han vaagnede, drømte Abraham, at Døren gik op og hans Moder traadte ind ganske saaledes som han havde forestillet sig det saa mange Gange.

Han stod op — forknyt og ængstelig. I Kirken ringede det første Gang; han skulde nu derop, staa øverst i hele Rækken, saa den ganske Menighed kunde se ham — og aflægge dette Løfte. Og hans Moders Øine, disse Øine, som saa tversigjennem ham, de fulgte ham, han følte dem, hun var kommen, for at høre hans oprigtige Skriftemaal.

Kunde han gaa hen og aflægge dette Løfte?

Kjolen, som han havde glædet sig til, og som laa der saa fin og ny med Silkefor i Skjøderne, generede ham nu, han lagde den tilside. Han kom til at tænke paa alt det Alvor, som der igrunden var lagt paa denne Dag. Hvorledes var det, han havde gaaet? — var han ordentligt forberedt — eller stod det ikke skrevet paa hans Pande, at han var en uværdig? — en Hykler og Løgner vilde Moderen sagt.

Provsten havde ogsaa formanet dem alle saa inderligen igaar Formiddag, da de bragte Pengene, til alvorligen at prøve sig selv og forberede sig for Guds Aasyn.

117

Abraham tog Testamentet og satte sig til at læse; han var saa klein tilmode, at han hakkede Tænder.

Da hørte han Faderen komme fra sit Værelse. Abraham sprang op og trak Kjolen paa.

Professoren kom ind fuldt paaklædt med bredt, hvidt Halstørklæde og sine tre Ordener i stort Format — han havde de fleste i Byen: „Godmorgen — Gutten min! Vorherre velsigne denne Dag for dig!"

Derpaa overrakte han ham et Stort Etui, som Abraham ikke turde aabne.

„Luk op og tag det paa dig; det er dit Konfirmationsuhr."

Abraham aabnede; der laa Gulduhr med Kjæde og Medaillon; han lukkede nu ogsaa denne op: men gjorde idetsamme en uvilkaarlig Bevægelse.

Det var de uundgaaelige Øine, som fulgte ham fra Drømmen imorges.

„Det er fra din salig Moder," sagde Professoren rørt og trykkede ham ind til sig.

Abraham stammede sin Tak og hægtede Uhret fast. Nu tog ogsaa Kjolen sig bedre ud; han var bleven høi og slank; men Ansigtet var endnu i Overgang, Næsen for stor og Huden uren.

Professoren betragtede ham imidlertid med Stolthed, og da han opdagede Testamentet, som laa opslaaet paa Bordet, klappede han sin Søn paa Skulderen:

„Det er rigtigt! — jeg ser, du tager det alvorligt — Abraham!"

— Paasken faldt i den første Halvdel af April! og det var idag den første Solskinsdag, som var nogenlunde varm. Hele Byen var paa Benene, Kirken fuld, og mange stod udenfor, for at se Konfirmatiderne komme.

Enkelte modige Krambodgutter optraadte allerede i hel lysegraa Sommerdres med rundbuede Ærmer og umaadeligt vide Buxer, som kneb sammen ved Støvlerne; men det var altfor tidligt, der var endnu isnende koldt i Skyggen.

Paa Pladsen foran Kirken kom Konfirmanderne sammen fra alle Gader; først gik Angjældende selv, dernæst Forældrene og et Par Søskende.

Pigerne vare vandkæmmede med tynde gule Pisker fastnaalede i Nakken, lange graa eller sorte Kastetørklæder med Snip helt ned til Kjolekanten, smaaskuldrede og tynde i Skjørterne, somom de vare trukne op af Vandet. Et Par af de finere kom kjørende i Vogn og Wienershawl.

Men var Pigerne smaa og tynde, saa var dog Gutterne endnu mindre; i Trøier og Frakker, som slog de urimeligste Rynker baade for og bag, og store Huer, som hang paa Ørerne færdige til at falde ned som Lyseslukkere.

Med Hænderne foldede over Salmebogen og Øinene stivt hæftede paa de nye Støvler gik de saa sagtmodigt og gudhengivent op imod Kirken, somom det var deres mindste Kunst at forsage Djævelen og alle hans Gjerninger og alt hans Væsen.

Men det var sandelig godt, at alt deres Tøi var gjort til at voxe i, for allerede den næste Dag var de ganske anderledes Karle. Og naar man ikke netop havde været i Kirken og hørt Provsten forklare, hvilken dyb og alvorlig Forandring der gjennem den hellige Handling var foregaaet med dem, skulde man have vanskeligt for at gjenkjende disse sagtmodige og gudhengivne Ynglinge i den Bande af halvdrukne Gutter, som Dagen efter fyldte Gaderne, — stolte og triumferende over at have passeret Naaleøiet og bekræftet sin Daab'es Pagt. —

Der gik en Mumlen gjennem Mængden baade udenfor Kirken og inde, da Professor Løvdahl kom med sin Søn. Det tog sig ogsaa ganske anderledes ud end med de smaa sagtmodige i Trøie. Abraham var næsten ligesaa høi som Faderen, og dennes smukke graasprængte Hoved og de tre Ordenen i stort Format lyste formeligt over Menigheden.

Den hellige Handling begyndte. Abraham stod øverst nærmest Koret; en enkelt Gang saa han op, men mødte saa mange Øine, at han strax bøiede sit Hoved som de andre.

De øverste paa Pigesiden vare ligblege og færdige til at falde om af Skræk for ikke at kunne svare paa Provstens Spørgsmaal. Den ene mumlede det store Vandspørgsmaal, en anden tumlede fortvivlet med den tredie Artikel, som var gaaet i Vase for hende.

Nedover begge Rækker var der Spænding; men en og anden af de gudhengivne Ynglinge tænkte ogsaa: Skidt! nu var han sluppen frem!

Abraham var ikke synderligt bange for selve Overhøringen; men han var alligevel yderligt forknyt.

De veg ikke fra ham — Øinene fra Drømmen; han stod og skalv, og det var ham ingen Trøst at se nedover Rækken paa de andre.

Tænk om en Stemme — for Exempel en Stemme som hans Moders pludseligt brød gjennem alt dette Spilfægteri, nævnte Ordet, forraadte Komedien, som de alle spillede med hverandre; — eller nævnte ham, han, som stod øverst — færdig til at lyve?

Var han da den eneste Løgner, den eneste Hykler blandt lutter Oprigtige?

Han tænkte baade paa den ene og den anden i Gutterækken og paa mange andre; den værste kunde han ikke være; men alligevel var han i det pinligste Oprør og sansede ingenting af Salmerne, han sang med.

Men nu nærmede Provsten Sparre sig langsomt fra Koret, for at begynde Katekisationen. Hans Ansigt var alvorligt og tankefuldt, medens han gaaende endnu kastede et Blik i sin Alterbog, mellem hvis Blade der var fastklæbet nogle Ark med Navne og Tal.

Det var heller ingen let Sag at føre Overhøringen saaledes, at hver fik sit Spørgsmaal, uden at nogen i Menigheden eller Kapellanen i Præstestolen mærkede altfor store Sprang.

Men da han stod foran Abraham, opklaredes hans Aasyn; her behøvede han ialfald ikke at være bange for at spørge om hvadsomhelst, og han valgte derfor, hvad der først faldt ham ind.

„Paa hvilken Person i Gud tror du — min kjære Abraham Løvdahl? ifølge den anden Artikel?"

„Paa Sønnen — vor Herre Jesum Kristum," svarede Abraham fast.

Da Provsten nærmede sig, rystede han over hele Legemet, men saasnart det første Spørgsmaal kom, rettede han sig strax iveiret. Den daglige Øvelse i at blive examineret betog Situationen det høitidelige, som et Øieblik nær havde overvældet ham. Fra nu af svarede han klart og sikkert med Øinene fæstede paa Provsten.

„Ligger der høilig Magt paa at kjende Kristum?"

„Ja, der er slet ikke Frelse i nogen anden; thi der er hellerikke et andet Navn under Himmelen givet iblandt Menneskene, ved hvilket det bør os at vorde frelste."

„Har Kristus ikke igjenløst alle Mennesker?"

„Jo — han gav sig selv til en Igjenløsningsbetaling for alle."

„Men blive da ikke mange fordømte?"

„Jo visselig —" svarede Abraham svagt, og hans Øine gled nedad Provsten Sparres lange Samarie.

„Men hvad er da Aarsagen til deres Fordømmelse?"

„Deres egen Ubodfærdighed og Vantro."

„Meget rigtigt — min Ven! — det er deres egen Ubodfærdighed og Vantro," sagde Provsten tilfreds: han vilde nu forlade Lærebogen og foretage en af sine theologiske Exkursioner, for ret at glimre med sin bedste Konfirmand: „fremtræder et Menneskes Vantro altid i onde og ugudelige Handlinger?"

"Nei — ikke altid —" svarede Abraham uden at se op.

"Ikke altid — det er sandt," gjentog Provsten og lod sine Øine glide ud over Menigheden, for at glæde sig ved den Beundring, hans Yndling maatte vække.

Men Provsten studsede; der var aandeløst stille i Kirken, alle strakte Hals og saa paa Abraham; men det var ikke Beundring, det var snarere en ond, stikkende Nysgjerrighed.

Og med en Gang gik det op for Provsten, at der sad nu hele Menigheden og troede, at han examinerede Abraham om hans Moder.

Provsten saa i sin første Forskrækkelse hen paa Professoren, dernæst paa Abraham: de troede det ogsaa beggeto. Professor Løvdahl holdt sine Øine stivt hæftede paa Provsten, og Abraham var ligesom faldet sammen, han skjulte sit Ansigt i Lommetørklædet og saa ud somom han vilde krybe i Jorden.

Provsten Sparre blev saa forvirret og ulykkelig over sin Fadaise, at han gik aldeles fra Koncepterne. Der kunde ikke tænkes noget mere uligt ham, noget som kunde være fjernere fra hans Hensigt end at ville være ubehagelig og nærgaaende mod sin Yndling — tilogmed Professor Løvdahls Søn.

I sin Forvirring vidste han ikke andet Raad end at lægge sin Haand paa Abrahams Skulder og begynde en Lovtale over ham: "Det har været mig en Fornøielse — ja ret en Hjertens Glæde," sagde han med Varme, "at forberede dig — min kjære Abraham Løvdahl til denne Dags hellige Handling. Sjeldent har jeg truffet en Yngling, saa vel begavet med Hovedets, saa skjønt udrustet med Sjælens og Hjertets bedste Egenskaber. Idet du nu indtræder som voxent Medlem af Menigheden, haaber og forventer jeg sikkert, at du vil blive os ældre til Glæde og Opbyggelse og for de unge et godt og følgeværdigt Exempel."

Dette var noget aldeles uhørt: Kapellanen — Pastor Martens vrinskede lidt bag det grønne Gardin i Præstestolen, og hele Menigheden blev opmærksom. Men alle de Øine, som rettedes mod Abraham, vare dog mildere efter dette. Det gjorde dem alle godt at høre af Provstens Mund, at der kunde være Haab om at redde denne Søn af en fortabt Moder.

Selv vidste han ikke, hvor han skulde gjøre af sig; skulde han roses fremfor de andre? — dette kunde aldrig gaa godt.

Provsten Sparre tørrede sin Pande og gik videre nedover mellem Rækkerne. Hans første Uheld gjorde ham dobbelt agtpaagiven, og Katekisationen gik mere glimrende end nogensinde.

121

Kapellanen strakte sig fremover og hørte i stigende Forbauselse de gode Svar fra de umuligste Idioter, som han selv havde opgivet; men han gik næsten bagover i Stolen, da Osmund Asbjørnsen Sauamyren opløftede sit syngende Bondemaal og foredrog sin store Bravourarie om Evangelii Naadegaver.

Det varede uendeligt længe, inden de to Rækker vare overhørte; en af de unge Damer med Wienershawl fik ondt og maatte op i Sakristiet for at drikke Vand.

Trætheden vandt ogsaa efterhaanden Bugt med Abrahams urolige og ængstelige Stemning; han begyndte at føle sig tryggere, de uundgaaelige Øine saa han ikke mere; derimod lutter velvillige Ansigter; og da han endelig kom til det høitidelige Løfte, følte han intetsomhelst derved.

„Giv da Gud dit Hjerte og mig din Haand," sagde Provsten alvorligt og mildt til ham, og Abraham rakte ham sin Haand; Provstens var blød og glat og gav ham et varmt og fortroligt Tryk.

Endelig var den hellige Handling tilende; den havde varet fra Klokken ni til henad tre, saa mange Konfirmander var der, og saa grundigt gjorde Provsten det.

De blegsottige, unge Damer i Wienershawl maatte halvt bæres ud i Vognene; de gulpiskede, smalskuldrede Pigebørn saa fremdeles ud, somom de vare trukne op af Vandet i sidste Øieblik; og de sagtmodige og gudhengivne Ynglinge stirrede endmere gudhengivent ned paa sine nye Støvler.

Kogekonen hos Professor Løvdahl var fortvivlet; og det var sidste Gang — det svor hun sin dyre Ed paa —, at hun gik til et Konfirmationsselskab. Tre Gange havde hun allerede kogt Poteter forledet ved falske og overilede Efterretninger fra hendes udstillede Vagtposter.

Gjæsterne, hvis Invitation ikke lød paa andet Klokkeslet end: „efter endt Kirkegang", drev om i Haven og ude paa Torvet, eller sad inde i Stuerne og kjedede sig med mange fromme Ønsker over Provsten Sparre, som aldrig kunde blive færdig.

Klokken var over halv fire, da man omsider kom tilbords i Storstuen. Abraham for Bordenden med sin Fader tilhøire og Provsten tilvenstre; forresten bare ældre Herrer og Hans Egede Broch, der var indbuden som Abrahams bedste Ven.

Der var Rektoren og de fleste af Abrahams Lærere; Amtmanden og Byfogden, de andre Embedsmænd, Byens Læger, et Snes udvalgte Venner og Kollegaer af Professoren.

Abraham kunde i Førstningen ikke komme tilrette med at være Midtpunktet i denne værdige Forsamling; men efterhaanden som Vinen opvarmede dem, blev de alle gemytligere.

Det var det første større Selskab, Professoren gav efter sin Kones Død, og alle var glade ved igjen at mødes i det gjæstfrie Hus. Professor Løvdahl var selv en stor Ven af Selskabelighed og livedes hurtigt op.

Endnu et forøgede Stemningen; og det var, at Selskabet var godt sammensat; ingen Mislyd var mulig, der kunde endog tales Politik; og efterat Provsten og Rektoren havde holdt hver sin Tale for Abraham, blev Kongens, Dronningens, Kronprindsens, Kronprindsessens, den kongelige Families, det ganske kongelige Hus'es, Unionens og Sveriges Skaal udbragt og drukket under samstemmig Jubel.

Der blev muntrere og muntrere, alle drak et Glas med Abraham, og han og Broch vexlede af og til et Øiekast over de gamle Herrers Lystighed. Blindtarmen og Pindsvinet sad og smiskede til hinanden over en Karaffel gammel Madeira, de havde faaet mellem sig; og efter Bordet ved et Glas Curaçao trak Overlærer Abel sin unge Ven hen i en Krog og talte om hans herlige Moder, indtil han græd af Rørelse.

Selskabet skiltes temmeligt tidligt paa Aftenen; thi da det var en saa alvorlig Anledning, blev der ikke spillet Kort.

Da de vare blevne alene — Fader og Søn, sagde Professor Løvdahl:

„Ja nu — god Nat! — min kjære Abraham! — du kan være træt. Du er altsaa nu traadt ind i Livet som voxen Mand, og jeg kan med Sandhed sige, at jeg er tilfreds med dig. Hvorledes det skal gaa dig herefter i Verden, staar visselig — som Provsten sagde — i Vorherres Haand; men det er ogsaa for en ikke ringe Del afhængigt af dig selv. Naturen har i enhver Henseende udstyret dig godt; du er født paa en heldig Plads i Samfundet; du vil i sin Tid erholde en Formue — stor nok efter vore Forhold, og jeg — din Fader besidder en Indflydelse, som vil komme dig tilgode, hvad Vei du saa vælger at slaa ind paa. Du er saaledes en af dem, som kan og som ogsaa bør drive det vidt — drive det meget vidt i vort Samfund.

Men — der er kun et Punkt, som jeg nu berører — jeg haaber for allersidste Gang mellem os; — der er kun et Punkt, som volder mig nogen Ængstelse. Det er den Tendens, som for et Par Aar siden ytrede sig hos dig, — du ved selv ved hvilken Leilighed. Nuvel! — det gik — Gud være lovet! bedre end det saa ud til; du indsaa dengang din Vildfarelse, og du har siden, — saavidt jeg har kunnet mærke, rettet paa den. Men lad mig dog paa denne for dig saa vigtige Dag advare dig mod dette, som muligens endnu kan ligge skjult i dit Blod.

Der er — ser du! — i ethvert Samfund, selv i det bedst ordnede — et misfornøiet Element, et Bundfald, en liden Skare sammensat af en

123

Halvdel Sværmere og en Halvdel Forbrydere, — Mennesker uden Samvittighed, uden sand Fædrelandskjærlighed, uden Gud! — Hvor i Verden du færdes, vil du møde disse Folk. De kommer — og derfor advarer jeg dig just! — de kommer gjerne som de Undertryktes Beskyttere, med smukke Ord om de Smaa imod de Store og sligt noget. Ser du — Abraham! — disse Folk er det, du — netop du maa tage dig ivare for; thi de er Samfundets Skadedyr, som fordærve Folket og bestandig stræbe efter at undergrave Samfundet. Og jeg — jeg, som er din Fader, jeg giver dig herved mit Ord paa, at der bagved hvadsomhelst disse Mennesker sige og gjøre, ligger bevidst Løgn og Ondskab, Hovmod og Magtbegjær! — og vil du lytte til disse, saa styrter du dig selv i den visse Fordærvelse. Nu kan du vælge mellem din Far og din — og de andre."

Professoren var bleven saa heftig, at han nær havde forsnakket sig; men Abraham rakte ham begge sine Hænder og sagde: „jeg vælger dig — Far!"

Dette sagde han alvorligt og overbevist. Hans urolige Stemning fra imorges var nu fuldstændigt overvunden. Den offentlige Ros i Kirken, Selskabet og de voxne Mænd, som tog ham op iblandt sig, og nu tilslut Faderens Tale gjorde ham tryg og sikker; han saa sig selv blandt de bedste og første og sit Liv i Hæder og Glans.

Da han var gaaet, saa Carsten Løvdahl sig fornøiet omkring i Stuen. I Abrahams Øine havde han læst den Kjærlighed, den Beundring, han søgte, og han følte sig glad.

Endelig havde han seiret saa vidt: Sønnen skulde bringe, hvad Moderen havde nægtet ham; og dette formildede noget den pinlige Bitterhed ved hendes Minde. —

— Men Abraham skyndte sig opad Trappen; Uhrkjæden raslede saa smukt bare han rørte sig. Han glædede sig til at se, hvorledes hans smukke Værelse tog sig ud ved Aftenlys og til at trække op Uhret.

Men da han fik tændt Lysene, stod der en stor Buket af de smukkeste og sjeldneste Blomster paa hans Bord.

Abraham greb fornøiet Kortet, som stak i Blomsterne; men han slap det igjen, somom han havde brændt sig paa det. Hans Ansigt blev blussende rødt, og han vendte sig bort som i Skam.

Paa Kortet havde Fru Gottwald skrevet med en liden, usikker Damehaand: — Fra lille Marius.

124

Also available from JiaHu Books:

Nils Holgerssons underbara resa genom Sverige - Selma Lagerlöf
Gösta Berlings Saga - Selma Lagerlöf
Den siste atenaren - Viktor Rydberg
Singoalla - Viktor Rydberg
Brand - Henrik Ibsen
Et Dukkhjem - Henrik Ibsen
(Norwegian/English Bilingual text also available)
Peer Gynt - Henrik Ibsen
Hærmændene på Helgeland - Henrik Ibsen
Fru Inger til Østråt -Henrik Ibsen
Gengangere - Henrik Ibsen
Catilina - Henrik Ibsen
De unges Forbund - Henrik Ibsen
Gildet på Solhaug - Henrik Ibsen
Kærligdehens Komedie - Henrik Ibsen
Kongs-Emnerne - Henrik Ibsen
Synnøve Solbakken - Bjørnstjerne Bjørnson
Det går an - Carl Jonas Love Almqvist
Drottningens Juvelsmycke - Carl Jonas Love Almqvist
Röda rummet - August Strindberg
Fröken Julie/Fadren/Ett dromspel - August Strindberg
The Little Mermaid and Other Stories (Danish/English Texts) -
Hans-Christian Andersen
Egils Saga (Old Norse and Icelandic)
Brennu-Njáls saga (Icelandic)
Laxdæla Saga (Icelandic)
The Saga of Erik the Red (Icelandic)
Die vlakte en andere gedigte (Afrikaans) - Jan F.E. Celliers

Made in the USA
Monee, IL
05 April 2025